时习文库

漱玉词

〔宋〕李清照 著
陈祖美 注

齐鲁书社
·济南·

图书在版编目（CIP）数据

漱玉词 /(宋) 李清照著;陈祖美注. -- 济南：齐鲁书社, 2025. 3. -- ISBN 978-7-5333-5127-4

Ⅰ. I222.844

中国国家版本馆CIP数据核字第20251KY625号

出 品 人：王　路
项目统筹：张　丽
责任编辑：王江源
装帧设计：亓旭欣

漱玉词
SHUYUCI

〔宋〕李清照　著　陈祖美　注

主管单位	山东出版传媒股份有限公司
出版发行	齐鲁书社
社　　址	济南市市中区舜耕路517号
邮　　编	250003
网　　址	www.qlss.cn
电子邮箱	qilupress@126.com
营销中心	（0531）82098521　82098519　82098517
印　　刷	山东华立印务有限公司
开　　本	710mm×1000mm　1/16
印　　张	13.75
插　　页	2
字　　数	132千
版　　次	2025年3月第1版
印　　次	2025年3月第1次印刷
标准书号	ISBN 978-7-5333-5127-4
定　　价	55.00元

《时习文库》专家委员会

主　　任：杜泽逊
成　　员：（以姓氏笔画为序）
　　　　　王承略　韦　力　方笑一　杨朝明
　　　　　张志清　罗剑波　周绚隆　徐　俊
　　　　　程章灿　廖可斌

《时习文库》出版委员会

主　　　任：王　路
副 主 任：赵发国　吴拥军　张　丽　刘玉林
成　　　员：（以姓氏笔画为序）
　　　　　　于　航　王江源　亓旭欣　孔　帅
　　　　　　史全超　刘　强　刘海军　许允龙
　　　　　　孙本民　李　珂　李军宏　张　涵
　　　　　　张敏敏　周　磊　赵自环　曹新月
　　　　　　裴继祥　谭玉贵

出版说明

　　文化乃国本所系，国运所依；文化兴盛则国家昌盛，民族强大。在源远流长的中华文化长河中，经典古籍宛如熠熠星辰，承载着先辈们的智慧、思想与情感，是中华民族精神内核的深厚积淀。

　　2017年以来，中共中央办公厅、国务院办公厅相继出台《关于实施中华优秀传统文化传承发展工程的意见》及《关于推进新时代古籍工作的意见》等重要文件，有力推动了大众对中华优秀传统文化的关注与重视，古籍事业亦借此良好契机，迎来了前所未有的跨越发展，步入了一个崭新的黄金时代。齐鲁书社作为文化传承的重要阵地，始终秉持对中华优秀传统文化的敬畏之心，肩负守正创新之使命，积建社四十余年之精华，汇国内学界群贤之伟力，隆重推出中华经典名著普及丛书——《时习文库》。

　　"学而时习之，不亦说乎？"文库之名，正是源自《论语》的这句经典语录。"时习"不仅是对知识的反复学习与实践，更是一种对中华优秀传统文化持续探索、深入理解的态度。文库共分为文化类和文学类两大辑，囊括了经史子集、诗词歌赋、戏曲小说等诸多经典，旨在为读者搭建一座通往中国古代文化瑰宝的坚实桥梁。文库的编纂宗旨在于，引导读者在阅读经典著作的过程中，将学习与思考深度融合，不断从古人的智慧海洋中汲取营养，从而得到心灵的润泽与智慧的启迪。通过对经史子集、诗词歌赋、戏曲小说等多元内容的系统整理与精良审校，让中华古籍真正成为可亲、可读、可传的"活的文化"。

为了确保文库的品质，我们除升级广受好评的原有经典版本作为开发基础外，亦精选其他优质底本，以确保版本选择的卓越性；文库会聚文史学界权威，如高亨、陆侃如、王仲荦、来新夏等学界大家，群贤毕至，各方咸集；文库延聘名家成立专家委员会，严格把控丛书质量，确保学术水准；文库针对不同层次读者，精心设计文化类与文学类品种：前者左原文右译文下注释，后者文中加简注评析，实用性强；文库采用纸面布脊精装，正文小四号字，双色印刷，装帧精美，版面舒朗，典雅大方，方便易读。

在习近平文化思想指导下，《时习文库》的出版是对中华优秀传统文化"两创""两个结合"的一次重要尝试。我们希望通过这套文库，让更多的人了解和喜爱中国古代典籍，让中华优秀传统文化在新时代焕发出新的生机与活力。同时，我们也期待广大读者在阅读文库的过程中，能够与古圣先贤进行跨越时空的对话，汲取智慧，启迪心灵，不断提升自我的文化素养和精神境界。让我们一起在经典的海洋中遨游，感受中华文化的博大精深，共同书写中华优秀传统文化传承与发展的新篇章。

齐鲁书社

2025 年 3 月

前　言

李清照自幼生长在一个祸福相倚的家庭和社会环境之中，她的后半生更是一直在兵燹战乱中颠沛流离。她的著作与她家收藏的珍贵而丰赡的文物相类似，几乎丧失殆尽。现存的《李清照集》及其生平资料则是后人多方搜罗裒辑而成的。其间，更不知有几多专家学者为之付出了毕生心血和才情睿智。特别是在中华人民共和国成立以来的大半个世纪的岁月中，李清照研究渐入佳境。

譬如，近三四十年以来，李清照研究持续升温，不断开拓和深入。众人拾柴火焰高，从而填补了李清照生平及作品中一些不应有的空缺，解决了一些以前未破解的难题。当然，在李清照研究相关领域，笔者作为一个专业的社会科学工作者和业余作家，也曾进行了不懈努力，接连出版了七种有关著作，论文和其他书面文字，一时难以确切数计。所以这里再次奉献给读者的是以往成果的提取和结晶，尽量不赘述探求过程。以下仅从两方面简而言之。

生平分期

李清照（1084—约1155），自号易安居士，亦署作"易安室"。"易安"系取义于陶渊明"审容膝之易安"，意谓住处简陋而心情安适。她之所以在二十五六岁时始用此号，当受到有通家之谊、晚号"归来子"的晁补之的影响。关于李清照的籍贯，确切的写法应是：宋齐州章丘（今属山东济南）人。她出生于诗书官宦之家。祖父佚名，父亲名格非，字文叔，宋神宗熙宁九年（1076）进士，曾为郓州（今属山东）教授等，官至礼部员外郎。《宋史·李格非传》说他博学多才，廉洁奉公，是一位英俊出众的人物。李格非以文章受知于苏轼，为"苏门后四学士"之一。在北宋末年新旧党争中，李格非因站在苏轼一边而被诬为"元祐奸党"，相继被外放、罢官，卒于故里。平生著作甚丰，现已大都散失，文只有《洛阳名园记》一卷传世，诗只有三首完篇和一二断句留存至今。

　　关于李格非之妻，有二说。一是《宋史》本传所云："妻王氏，拱辰孙女，亦善文。"二是根据宋朝庄绰《鸡肋编》卷中和宋神宗元丰宰相王珪之"神道碑"记载，王珪的长女嫁李格非且早卒。至于李清照之生母，上述二说不能并存。李清照当是王珪的外孙女，王拱辰的孙女是她的继母，李远当是她的异母小弟。

　　对于李清照的生平，只有《宋史·李格非传》"女清照，诗文尤有称于时，嫁赵挺之之子明诚，自号易安居士"极为简略的记载。根据对其他有关载籍的研究分析可知：她襁褓丧母后，在原籍生活到十五六岁时，来到了汴京（今河南开封）父亲身边。十九岁时与二十一岁的太学生赵明诚结为夫妻，一度生活很美满。不久其父被诬为"奸党"，她受到株连，不得居京而回归原籍。在她重返汴京不久，赵挺之被罢相病卒。李清照随赵家屏居青州（今属山东）十年。在这里夫妇猜书斗茶，花前月下，相从赋诗。两人共治金石之学，她又独撰《词论》之文，伉俪之谐古今罕见。此后赵明诚连任莱、淄（今均属山东）知州。靖康元年闰十一月二十五日（1127年1月9日），金军攻破东京（今河南开封）。是年春赵明诚赴江宁（今属南京）奔母丧，不久北宋灭亡。8月，赵明诚出任江宁知府。年底青州兵变，赵家十余间房屋所贮书画文物被焚，李清照由青州逃往江宁。起初她尚有雪天顶笠披蓑，循城远览寻诗之雅兴。一年后赵明诚因所谓"缒城宵遁"，即临乱逃脱被罢官，夫妻离开江宁，辗转于今之苏、皖、赣等地，曾在池阳（今安徽池州贵池区）安家。

宋高宗建炎三年（1129）夏，赵明诚奉旨知湖州（今属浙江），由于冒暑骑马奔驰赴行在建康（今南京）领旨，途中染疾，于同年8月病卒。金兵加紧进逼，时局十分危急。赵明诚死后，有传言说他曾以玉壶投献金人，贿赂通敌，即所谓"玉壶颁金"之诬。这使得李清照非常惊惶，就想把家中的铜器进献朝廷以资涤雪。于是她就沿着宋高宗逃跑的路线，在两浙追赶。几次扑空后，曾寓居越州（今浙江绍兴）。在这里被穴壁盗去文物五竹箱。宋绍兴二年（1132）定居杭州，又在重病中被张汝舟骗婚。由于此人靠谎报"举数"取得官职，李清照告发了他，并与之离异（关于李清照再嫁之事，在宋代有多种确凿记载，到明代出现了为之辩诬之说，认为她绝无再嫁之事，对此至今仍有不同看法）。再嫁风波稍有平息，李清照就着手整理赵明诚的未竟之著《金石录》，并为之作序，是为《〈金石录〉后序》。紧接着金、齐合兵犯杭州，她逃往金华（今属浙江）避难。约半年后，又发生了诏令其"缴进"《哲宗皇帝实录》之事。不久她便返回杭州，直至去世。

根据李清照的上述简历，其生平和词作的时空归属似应有所改变。本书将沿用已久的"前、后二期"说改为"早、中、晚三期"说。具体划分为：

从宋神宗元丰七年（1084），亦即从李清照出生之年，至十五六岁自原籍诣汴京待字。结婚仅一年多，因受党争株连，李清照一度被迫回归原籍。返回汴京不久，到宋徽宗大观元年（1107）开始屏居青州之年止，共二十三年，是为早期，亦可称为"齐、汴青春期"。

中期，亦可称为"青、莱、淄、宁时期"，即从宋大观二年（1108）到宋高宗建炎三年（1129）其丈夫去世前，李清照二十五岁至四十六岁，共二十一年。

从宋建炎四年（1130）到宋绍兴二十五年（1155），李清照四十七岁到七十余岁的谢世之年，共二十五年，是为晚期。这期间李清照曾流寓江浙，居于绍兴、杭州、金华。

这一"三期说"，虽然仍有不尽如人意之处，但它弥补了"二期说"的诸多不足，是笔者注解《漱玉词》的基础，也是体现和贯穿本书新貌的重要方面。

词作评解

唐圭璋先生所编《全宋词》载录李清照词47首。本书所收也是47首，其中45首与唐本相同。《新荷叶》一首是在唐本出版和重印后，由孔凡礼先生补辑的，自然不见于1965年出版的《全宋词》；而1958年出版的北京大学中文系所编写的《中国文学史》第五编第四章所收李清照《点绛唇》（蹴罢秋千）一首，唐先生认为不是李清照所作。本书则视此二词均为李作加以收录。而对《全宋词》所收的《怨王孙》（帝里春晓）和《浣溪沙》（绣面芙蓉）二首，笔者则认为并非李清照所作，未予收载。

本书对所收47首词，不仅进行了前人和他人未曾有过的"编年"，还一一按笔者所厘定的写作顺序排列，并依其题材和题旨分为以下四大类：

第一，豪迈倜傥的风物词。这又可分为秋景词如《双调忆王孙》（此首调名原被误作《怨王孙》）和《如梦令》（尝记溪亭日暮）。此类词现存虽只有两首，却为作者赢得了"易安倜傥，有丈夫气，乃闺阁中之苏、辛，非秦、柳也"（沈曾植《菌阁琐谈》）和"独树一帜"（陈廷焯《白雨斋词话》）的称誉，其豪迈风格为"雌了男儿"的北宋主流词坛吹进了一股清风，令人耳目一新。

第二，娇嗔优雅的闺情词。这类词约占现存《漱玉词》半数，其中包括作者待字期间所写的四首《浣溪沙》、一首《点绛唇》（蹴罢秋千）和另一首《如梦令》（昨夜雨疏风骤）——这首蕴含着惜春意绪的小令及其名句"绿肥红瘦"，既使"当时文士莫不击节称赏"（蒋一葵《尧山堂外纪》），也令后世激赏不已。关于此词值得注意和再思的是，有学者认为"卷帘人"是指作者的丈夫，"词中所写悉为闺房昵语"。李清照结婚前后的闺情词多以好花、皎月自况，如《渔家傲》（雪里已知）、《庆清朝》、《鹧鸪天》（暗淡轻黄）；新婚之际所写则多是以花、并蒂相娱的伉俪词，如《减字木兰花》《瑞鹧鸪》等。

第三，传写心曲的身世词。鉴于李清照的一生饱尝人间甘苦，那么其身世词本应包括"欢愉之词"和"悲苦之词"两部分，前者已见于上述闺情词之中，这里只就"悲苦之词"而言。这类词不仅所占比重大，而且名篇多，如《一剪梅》、《醉花阴》、《凤凰台上忆吹箫》、《念奴娇》、《声声慢》、《渔家傲》（天接云涛）等。其词旨以往多被误解甚至曲解，比如《一剪梅》就被认为是："易安结褵未久，明诚即负笈远游。易安殊不忍别，觅锦帕书《一剪梅》词以送之。"（题名伊世珍《琅嬛记》卷中引《外传》）。这是一种附会之说。事实并非赵明诚新婚不久即离京远出读书，其婚后仍在太学做学生，毕业后凭借特权，在朝廷担任了清要之职——鸿胪少卿。这有当时赵明诚的手迹为证，被迫离开汴京返回原籍的是作为"奸党"子女的李清照。所以在《漱玉词》中，那些字面上表达伉俪暌违而又悲苦无似的离情词，大都产生于这一政治历史背景之下。《一剪梅》下片的"花自飘零水自流。一种相思，两处闲愁。此情无计可消除，才下眉头，却上心头"，正说明作者的愁苦不打一处来。党争时松时紧，李清照随之时居汴京，时归原籍，仿佛是在变化无常的政争中"打秋千"。她于宋崇宁三年（1104，一说四年）所作《行香子》词中的"甚霎儿晴，霎儿雨，霎儿风"，当不单纯是修辞学上的一语双关，而是崇宁年间变幻莫测的政治风云与"七夕"期间晴雨变化无常的妙合。再如《玉楼春》的"要来小酌便来休，未必明朝风不起"，意即词人对红梅说："要来饮酒就快来啊，说不定明早风一起，你我都要遭殃。"所以这类词的词旨是作者在对"牛女"、红梅命运的关注中，寄寓了朝不保夕的身世之叹。《醉花阴》是这类词中的代表作。此词结拍的"似"，他本多作"比"，此处之所以取"似"，主要基于以下两点：一，现存李清照词最早而又较好的版本《乐府雅词》卷下作"似"，元代以前的记载征引此词时亦作"似"；二，"比"字虽更进一层，但所谓黄花比瘦并非比程度，而是一种"类比"，即离愁之于人，犹如风霜对黄花的侵袭，伉俪暌违给主人公带来的体损神伤，就像东篱初开的黄花将在肃杀的秋风中枯萎一样。这样一来，作者所要表达的身世之感与悲秋、离愁的主题，既浑然一体，不露痕迹，又不落窠臼，具有新意。

　　在身世词中，有几首词的基调格外悲苦，比如《凤凰台上忆吹箫》的"多少事、欲说还休。新来瘦，非干病酒，不是悲秋"和《蝶恋花》的"人道山长山又断，萧萧微雨闻孤馆"等，仿佛有一种难言之隐，其中《声声慢》一词更使人感到悲苦至极。此词中的

"晓来风急"，今本多误作"晚来风急"，词旨也被误解为表达丧夫之悲和亡国之痛。实际上，此词应作于北宋末年，词旨正如梁启超的批语所云："写从早至晚一天的实感，那种茕独凄惶的景况，非本人不能领略。所以，一字一泪，都是咬着牙根咽下。""晓来风急"一句中隐含着《诗经·终风》的旨意，词人借以诉说自己也像春秋时卫庄姜一样，有着难言的"被疏无嗣"的苦衷。她若有所失地寻觅和等待的是良人——丈夫。

第四，格调凄凉的晚境词。李清照个人命运的分野，不是1127年北宋的灭亡，而是赵明诚的去世。从此以后，李清照词的格调和内容都发生了较明显的变化。《渔家傲》（天接云涛）就体现了其词风的转变，作者以浪漫的笔法抒发奇志壮采，诉说走投无路的苦闷，以及以"三山"为双关语表达对仙境（实际是人间乐土）的向往。内容的显著变化，一方面表现在李清照写了《南歌子》《孤雁儿》等悼亡词和表达嫠妇心态的《武陵春》等，另一方面表现在作者把属于个人的感情逐步扩大和转移到对江山社稷的关注上，《永遇乐·元宵》是这方面的典型代表。

在古代，对《漱玉词》的评价曾有霄壤之别。褒美者云"词尤婉丽，往往出人意表，近未见其比"（《萍洲可谈》）、"小词多脍炙人口"等；憎之者可以王灼为代表，他在《碧鸡漫志》中说，李清照的词比历来被看作"侧词艳曲"者更不可取。与这两种较极端的看法不同的是李调元的见解："易安在宋诸媛中，自卓然一家，不在秦七、黄九之下。词无一首不工，其炼处可夺梦窗之席，其丽处直参片玉之班。盖不徒俯视巾帼，直欲压倒须眉。"（《雨村词话》）这是说李清照的词自成一家，不在秦观、黄庭坚之下，其凝练超出吴文英，其清丽可与周邦彦的《片玉词》媲美。李清照不仅在女子中首屈一指，甚至可以说超过了堂堂的男子汉。这一见解代表了历代绝大多数对《漱玉词》的中肯评价。

与词创作密不可分的是，李清照还写过一篇重要的理论著作——《词论》。此篇原题无考。目前所见第一位著录此文的是南宋胡仔，其在《苕溪渔隐丛话》后集卷三三《晁无咎》条中引及此文时，称"李易安云"，未提引自何处，且似节录，疑非完篇，《词论》之名系后人所谓。因在《词论》现存文字中，未曾涉及南宋词坛，所以此文应是李清照南渡前所作。这篇只有五百余字的短文，扼要地论述了词的起源和发展，提出了词"别是一家"之说，为区分诗词之别立下了界石，特别强调了词之为体的合乐特点和文学上的要求，是一篇极富独创性的词学专论，在词史上有着极为重要的地位。

上述文字，作为《漱玉词注》一书前言之正题，洵可告一段落。而笔者多年来解读《漱玉词》所积累的若干见解，多数虽已贯穿于对每一首词的注释之中，但是还有几个问题，似有进一步强调的必要。

一，解读或欣赏《漱玉词》，应特别关注作者在她的《词论》中为诗、词划界的问题。在笔者看来，词学不仅是文学的一大分支，它本身更是音乐学、史学、文化学联姻的产物，其内容极为广泛、复杂而又严密。研究或欣赏《漱玉词》，既要在这一认知前提下进行，同时也应留意人们对于词之为体的整体性把握。对此，有的人说它"虽小却好，虽好却小"，还有的人说它"上不似诗，下不似曲"等。其中以王国维《人间词话》所云最为得体："词之为体，要眇宜修，能言诗之所不能言，而不能尽言诗之所能言。诗之境阔，词之言长。""要眇宜修"语出《楚辞·九歌·湘君》。"眇"与"妙"同，"要眇"是美好的样子。"宜修"指扮相好。如果说男性词人笔下的作品已臻于"要眇宜修"，那么《漱玉词》的"相貌"就更加楚楚动人了。在此，笔者更想说的是，解读《漱玉词》，既不能离开女性视角，更要把握住一个具有深湛学养的女词人话语权的独特性。否则对她词作的理解，不是出现南辕北辙之误，就是人云亦云，毫无新意。

二，在诗与词的千差万别中，人们往往看不到二者在用韵方面的"异其趣"，比如隋至唐时，人们作诗使用隋朝编定的《切韵》，至宋初即改用《广韵》。李清照作诗则用那个时期官方颁布的《礼部韵略》（简称《礼韵》）。而唐宋时填词并无现成词韵书籍可用。有人说他（她）们用的是诗韵，其实恐非如此。比如《漱玉词》中的《小重山》之首句"春到长门春草青"，首韵是"青"字，以下分别是：匀、尘、春、门、昏、君。"青"与"匀""尘"等相押，既不能视为出韵，也不是当时的诗韵所允许的。再如《声声慢》，其韵脚从"戚戚""将息"到"了得"，同样"戚""息"与"得"相押也不能视为出韵。因为在当时的河、洛一带，"得"字不读〔dé〕而读〔dǐ〕，据说现在的章丘话仍然读〔dǐ〕。此二例足以说明，词韵不同于诗韵，它用的是当时的普通话（被称为通调），因为词本来就是通俗歌曲。

三，现存《漱玉词》所用的词调不多，只是《全宋词》所用354调中的35调，但其调式变化却颇为多样，诸如《双调忆王孙》《减字木兰花》《摊破浣溪沙》《转调满庭芳》《添字丑奴儿》，其中"双调""减字""摊破""转调""添字"等，这些词学中的概念术语均有特定内涵，解读《漱玉词》时不可掉以轻心。比如《转调满庭芳》（芳草池塘），按照"转调"的定义是由平韵转仄韵。而对比她的《满庭芳》（小阁藏春）来看，二者均为平韵，又为何称为"转调"呢？答案中有一说是：如果"小阁藏春"属宫调，那么"芳草池塘"则转为商调，故称《转调满庭芳》！敢问诸位专家、读者，此说成立吗？

四、平心而论，笔者对《声声慢》的研究，从灵感发现到步步深入，直到达到现在的程度，可以说花费九牛二虎之力，从而提出了一系列新见解，比如认定该词作于清照中年，而不是一直被公认的后期之作；词旨不是所谓国破家亡，而是"婕妤"之叹或"庄姜"之悲。一个更具说服力的发现是词中关于梧桐的意象。在古代典籍中，"梧桐半死"是指丧偶而言，但是在《声声慢》中，还只是"梧桐更兼细雨"，这意味着丈夫健在，女主人公还在"寻觅"和等待着良人的归来……所有这一切已经被越来越多的读者认同，这当然是笔者所希望的，而更令人欣慰的是这样一件事：

在《纪念辛弃疾逝世 800 周年国际学术研讨会论文集》中，有一篇题为《辛弃疾对李清照〈词论〉声韵的继承与创新》的署名文章。笔者曾一再拜读过此文，还同这位远道而来的作者就唐宋词的声韵问题进行过反复交谈，其中与李清照《声声慢》有关的话题大致是被《词论》作者讥为"句读不葺之诗"的苏轼词，在"南渡"后得以风行，主要不在于其文意中有什么所谓时代内容，而是因为词乐发生了变化：唐宋以来用燕（宴）乐，至谙悉音乐的宋仁宗、神宗、徽宗时，改燕乐为雅乐，所以沿用燕乐的苏词便不那么时兴。"南渡"后，又由雅乐改为燕乐，苏词得以振兴。辛弃疾所承续的是其乡贤李清照的词作理念，在词的声韵方面谈不上所谓"苏辛派"。李清照的《声声慢》是在雅乐背景下创作的，所以不可能是她"南渡"后国破家亡的产物，而应写于其生平的中早期，是为了唱给赵明诚听的。这一系列见解，竟与笔者多年前对于《声声慢》的体外解读不谋而合。

由此可见，对于《漱玉词》的解读，既要关注笔者以往所坚守的女性视角，以及从社会学、心理学等多方面进行的所谓"词体以外"的审视；又应从音律、词律等方面加以"体内"解读，力戒畸轻畸重，双方彼此尊重，从而使包括注解《漱玉词》在内的整个词学研究达到一个新的更加完美的境界。

陈祖美
2008 年 11 月 30 日于北京匆草

目 录
CONTENTS

001 | 前 言

001 | **如梦令**（尝记溪亭日暮）
004 | **双调忆王孙**（湖上风来波浩渺）
007 | **如梦令**（昨夜雨疏风骤）
012 | **浣溪沙**（小院闲窗春色深）
015 | **浣溪沙**（淡荡春光寒食天）
018 | **浣溪沙**（髻子伤春慵更梳）
021 | **浣溪沙**（莫许杯深琥珀浓）
024 | **点绛唇**（蹴罢秋千）
028 | **渔家傲**（雪里已知春信至）
031 | **庆清朝**（禁幄低张）
035 | **鹧鸪天**（暗淡轻黄体性柔）
038 | **减字木兰花**（卖花担上）
041 | **瑞鹧鸪**（风韵雍容未甚都）
044 | **一剪梅**（红藕香残玉簟秋）
048 | **醉花阴**（薄雾浓云愁永昼）
053 | **玉楼春**（红酥肯放琼苞碎）
057 | **行香子**（草际鸣蛩）

061	小重山（春到长门春草青）
065	满庭芳（小阁藏春）
068	多丽（小楼寒）
073	新荷叶（薄露初零）
077	念奴娇（萧条庭院）
082	凤凰台上忆吹箫（香冷金猊）
087	点绛唇（寂寞深闺）
090	蝶恋花（暖雨晴风初破冻）
093	蝶恋花（泪湿罗衣脂粉满）
096	声声慢（寻寻觅觅）
105	蝶恋花（永夜恹恹欢意少）
108	临江仙（庭院深深深几许）
113	临江仙（庭院深深深几许）
116	诉衷情（夜来沉醉卸妆迟）
120	鹧鸪天（寒日萧萧上琐窗）
123	菩萨蛮（归鸿声断残云碧）
127	菩萨蛮（风柔日薄春犹早）
130	南歌子（天上星河转）
133	忆秦娥（临高阁）
136	渔家傲（天接云涛连晓雾）
140	好事近（风定落花深）
143	摊破浣溪沙（病起萧萧两鬓华）
147	摊破浣溪沙（揉破黄金万点轻）
152	武陵春（风住尘香花已尽）
158	转调满庭芳（芳草池塘）

163 | **长寿乐**（微寒应候）
167 | **永遇乐**（落日熔金）
174 | **孤雁儿**（藤床纸帐朝眠起）
178 | **添字丑奴儿**（窗前谁种芭蕉树）
182 | **清平乐**（年年雪里）

186 | **附录　再译李清照的内心隐秘**
　　　——从一种方法谈起兼及其赴莱、居莱之诗词

如梦令①

【原文】

尝记溪亭日暮②。沉醉不知归路。兴尽晚回舟,误入藕花深处③。争渡④。争渡。惊起一滩鸥鹭⑤。

注释

❶如梦令:五代后唐庄宗李存勖所作《忆仙姿》词云:"曾宴桃源深洞。一曲清歌舞凤。长记欲别时,和泪出门相送。如梦。如梦。残月落花烟重。"苏轼嫌词名不雅,改为《如梦令》。后周邦彦又改为《宴桃源》。此首当作于李清照十六七岁时,初到汴京而回忆在故乡的郊游趣事。因为起拍之"尝记"二字,说明词非当时当地所作。李清照十七八岁之前到汴京,二十四五岁时,赵挺之被罢相,不久她便随丈夫赵明诚"屏居乡里十年",离开京城到了青州,也离开了与她有诗、词交往的晁补之、张耒等人。赵明诚是金石学家,屏居初年,李清照的创作雅兴一度转移到与丈夫共同搜集、整理、校勘金石书画方面。所以此词当是作者结婚前后,居汴京时,追忆故乡往事而写成的。细审作者行实,此词遂可系于她十六岁(宋哲宗元符二年,公元1099年)之时。是时她初到汴京,此词亦当是她的处女之作。其初试词笔,便出手不凡。又此词被杨金本《草堂诗余》前集卷上误作苏轼词,被《古今词话》误作吕洞宾词。

❷溪亭:一说此系济南七十二名泉之一,位于大明湖畔;二说指溪边亭阁;

三说确指一叫作"溪亭"的地名（因苏辙在济南时有《题徐正权秀才城西溪亭诗》）；四说系词人原籍章丘明水附近的一处游憩之所，其方位当在历史名山华不注之阳。因为"历城北二里有莲子湖，周环二十里。湖中多莲花，红绿间明，乍疑濯锦。又渔船掩映，罟罾疏布。远望之者，如蛛网浮杯也"（段成式《酉阳杂俎》前集）。在李清照十五岁时，按照当时的风俗，用簪束发叫"上头"。上头日要选在天气温和之时，以便外出游乐。"婉娩新上头，湔裙出乐游。"（梁简文帝《和人渡水诗》）秉性活泼好动的李清照终生记忆的这次溪亭之游，或许正是沿袭上述古老风俗，亦当是她从故乡湖山佳境中所汲取的最初的创作素材。

❸藕花：荷花。词的前四句意近"访渎搜渠"的郦道元的"日暮倒载归，酩酊无所知"（《水经注·沔水》）之句。

❹争渡：夺路急归，从而打破天籁宁静，惊起荷丛深处之栖鸟。

❺鸥鹭：泛指鸥鸟、鹭鸟等水鸟。

选 评

清·沈雄

《古今词谱》曰：小石调曲，有传自吕仙者，有传自庄宗者。庄宗于宫中掘得石刻，名曰古记。复取调中二字为名，曰《如梦令》，所谓"如梦。如梦。残月落花烟重"是也。不知先曾有一阕云："尝记溪亭日暮。沉醉不知归路。兴尽欲回舟，误入藕花深处。争渡。争渡。惊起一行鸥鹭。"* 传是吕仙之曲。别刻又云无名氏，此非吕仙之词。

——《古今词话·词辨》

---

* 需要说明的是，本书诸评所涉及李清照词多有与"原文"部分不一致处，为体现清照词的不同样貌，凡此种情况均不作修改。

唐圭璋

　　李清照《如梦令》第一句云"常记溪亭日暮","常"字显然为"尝"字之误。四部丛刊本《乐府雅词》原为抄本,并非善本,其误抄"尝"为"常",自是意中事,幸宋陈景沂《全芳备祖》卷十一荷花门内引此词正作"尝记",可以纠正《乐府雅词》之误,由此亦可知《全芳备祖》之可贵。纵观近日选本,凡选清照此词者无不作"常记",试思常为经常,尝为曾经,作"常"必误无疑,不知何以竟无人深思词意,沿误作"常",以讹传讹,贻误来学,影响甚大。希望以后选清照此词者,务必以《全芳备祖》为据,改"常"作"尝"。

——四川文艺出版社《百家唐宋词新话》

双调忆王孙①

【原文】

　　湖上风来波浩渺,秋已暮、红稀香少。水光山色与人亲,说不尽、无穷好。　　莲子已成荷叶老,清露洗、蘋花汀草②。眠沙鸥鹭不回头,似也恨、人归早③。

注 释

　❶忆王孙:又名《豆叶黄》。此调始见于李重元《忆王孙·春词》云:"萋萋芳草忆王孙。柳外楼高空断魂。杜宇声声不忍闻。欲黄昏。雨打梨花深闭门。"此首之写作时空及素材来源均同前首,彼时词人之心态、词作之格调,亦同前首,均系"易安倜傥,有丈夫气,乃闺阁中之苏、辛,非秦、柳也"(沈曾植《菌阁琐谈》)的豪迈之作。又,《乐府雅词》本《漱玉词》虽是现存《漱玉词》的最早的版本,但对于此词的调名却误作《怨王孙》,此后便以讹传讹。在巴蜀书社1992年版《李清照作品赏析集》中,周笃文教授所撰此词赏析之文首纠其讹,作《双调忆王孙》,兹从之。

　❷蘋(pín):亦称田字草,多年生浅水草本蕨类植物。

　❸"眠沙"三句:颇有现代相声中逗哏的意味:沙滩上的鸥鹭为什么像在赌气,扭过头去,不与游人道别?噢,原来它们是恨游人归去太早,辜负了大好景致。这是一种拟人的修辞方式,作者运用得非常轻巧自然,明明是词人自己对湖上风光无比留恋,却俏皮地以鸥鹭的反应道之。鸥鹭之恨,正是词人之爱,

以恨写爱，可更增其爱。同时这种含意明白却不予点破的方法，在此词中反复运用，丰富了婉约词的表达方式，所以此词既有隽永深长之味，又有畅亮欢快之情。

选 评

王璠

李词从红稀香少、莲熟叶老中生发出水光山色、苹花汀草、鸥鹭眠沙来，顿使生气蓬勃，景色鲜妍，充满着热情爽朗的朝气，跃动着青春的活力，体现出词人少年时期的那种积极的、开阔的胸怀和乐观进取的精神。

——内蒙古人民出版社《李清照研究丛稿·一幅绚烂夺目的秋景图——说李清照的〈怨王孙〉》

潘君昭

辛弃疾有一首《丑奴儿近》，副标题是"博山道中效李易安体"，与本词格调颇为接近。两词都是运用口语，不用典故，以乐观的情调传达出对大自然的热爱，用拟人化的手法表现了对鸥鹭野鸟的亲近。这说明这种表达方式是为清照所习用而又为大家熟知且颇有效法者，故称之为"李易安体"。

——安徽文艺出版社《唐宋词鉴赏辞典》

周笃文

这首秋日湖上之作，写得笔致清妍，含情吐媚。它既没有无计排遣的相思愁绪，也没有哀世伤时的悲苦印记，通篇都洋溢着欢快的青春旋律。从风格学上考察，它应是一个不识愁滋味的少女献给大自然的一曲赞美之歌……这首词从句律上讲，下片是上片的重复，故谓之《双调忆王孙》。从内容上看，则谋篇立意，颇具匠心。上片写秋湖对景的喜悦，视界开阔，取神远处，下片则写归去时的依恋心绪。纤笔细描，近似特写镜头。于此可见出章法与层次来，并不显得平直。发端两句写水乡的浓酣秋色，以少总多，颇具气象。……这首词有的版本题作"赏荷"。从上下片的意脉看,确实是以荷花为线索贯串起来的。……词的下片用笔甚细,花鸟露珠,一一摄入,与上片之取境宏阔者正相对映,可见出笔墨之变化来。……抒情性是诗歌的第一生命。从这首小词里我们处处可以感受到女词人热爱生活的芬芳绵渺的深情。琼枝寸寸玉,沉檀节节香,余于此词亦作如是观。

——巴蜀书社《李清照作品赏析集》

如梦令

【原文】

　　昨夜雨疏风骤，浓睡不消残酒。试问卷帘人①，却道"海棠依旧"②。"知否，知否？应是绿肥红瘦③。"

注 释

　❶ "昨夜"三句：吴小如教授对此词有独到见解，认为"卷帘人"是作者的丈夫。对吴教授此说笔者尚不能完全接受，而认为此词写于李清照待字的少女时期，亦即其婚前约十七岁时的可能性较大。是词在当时所受赞赏无数，有兴趣的读者可检阅王学初《李清照集校注》此词后所附《参考资料》。对于此词，"当时文士莫不击节称赏"（蒋一葵《尧山堂外纪》），太学生赵明诚及其父赵挺之自然也不例外。伊世珍《琅嬛记》卷中引《外传》云："赵明诚幼时，其父将为择妇。明诚昼寝，梦诵一书，觉来惟忆三句云：'言与司合，安上已脱，芝芙草拔。'以告其父。其父为解曰：'汝待得能文词妇也。"言与司合"，是"词"字，"安上已脱"，是"女"字，"芝芙草拔"，是"之夫"二字，非谓汝为词女之夫乎？'后李翁以女女之，即易安也。果有文章。"看来，赵家恐是知道李清照以此词博得的鼎鼎词名，而与李家联姻的。况且此词是对韩偓《懒起》诗（一作《闺意》）"昨夜三更雨，今朝一阵寒。海棠花在否？侧卧卷帘看"的隐括，而婚后的李清照已不再作少女伤春似的、有淡淡哀愁的闺情诗，兴趣转而到对古诗及其他唐宋诗人作品的研读和借鉴上。

❷ "却道"句：小姐复述侍婢的话。
❸ "应是"句：指海棠经过一番风雨"洗礼"，变得枝壮叶茂而红花稀少。

选 评

宋·胡仔

近时妇人能文词，如李易安颇多佳句。小词云：……"绿肥红瘦"，此语甚新。

——《苕溪渔隐丛话》

宋·陈郁

李易安工造语，故《如梦令》"绿肥红瘦"之句，天下称之。余爱赵彦若《翦彩花》诗云："花随红意发，叶就绿情新。""绿情""红意"，似尤胜于李云。

——《藏一话腴》

明·沈际飞

"知否"两字，叠得可味。"绿肥红瘦"创获自妇人，大奇。

——《草堂诗余正集》

明·蒋一葵

李易安又有《如梦令》云："昨夜雨疏风骤，浓睡不消残酒。试问卷帘人，却道海棠依旧。知否？知否？应是绿肥红瘦。"当时文士莫不击节称赏，未有能道之者。

——《尧山堂外纪》

明·张綖

韩偓诗云："昨夜三更雨，今朝一阵寒。海棠花在否？侧卧卷帘看。"此词盖用其语点缀，结句尤为委曲精工，含蓄无穷之意焉，可谓女流之藻思者矣。

——《草堂诗余别录》

清·冯金伯

康与之"人瘦也，比梅花、瘦几分"，又"天还知道，和天也瘦"，又"帘卷西风，人比黄花瘦"，又"应是绿肥红瘦"，又"人共博山烟瘦"，"瘦"字俱妙。

——《词苑萃编》引王弇州语

清·黄苏

一问极有情，答以"依旧"，答得极澹，跌出"知否"二句来，而"绿肥红瘦"，无限凄婉，却又妙在含蓄。短幅中藏无数曲折，自是圣于词者。

——《蓼园词选》

清·李佳继昌

作词须用词眼，如潘元质之"燕娇莺姹"，李易安之"绿肥红瘦""宠柳娇花"，梦窗之"醉云醒月"，碧山之"桃云研雪"，梅溪之"柳昏花暝"，竹屋之"玉娇香怨"……

——《左庵词话》

程千帆　张宏生

李清照的这首《如梦令》，写女主人早上起身后的一个生活片断。起二句是对昨夜情事的追忆。显然，这一夜，词人倾听着不断入耳的风声、雨声，感受着大自然的变化，睡得并不安稳。何况，她还未"消残酒"呢。所谓"浓睡"云云，不过是为了烘托经过一夜后的鲜明对比，以点出变化的突然。实际上，这也是对主人公伤春意绪的侧面描写。

——巴蜀书社《李清照作品赏析集》

朱德才

　　词写惜春敏感心理，并无深意，全凭高超的表现技巧和优美的艺术形象取胜。一曰独特的表现形式。孟浩然《春晓》："春眠不觉晓，处处闻啼鸟。夜来风雨声，花落知多少。"韩偓《懒起》："昨夜三更雨，临明一阵寒。海棠花在否？侧卧卷帘看。"一经对比，当知"风雨"与"落花"间的联想，对花事春色的敏感，实为孟、韩两家诗所先有，而采用与侍女问答法，则为女词人所独创。换言之，传统的题材，由她匠心独运，找到了最能充分体现其惜春心理的独特的艺术形式，从而焕发异彩，引人注目。二曰"短幅中藏无数曲折"（《蓼园词选》）。令词体小，难于翻腾变化。此词却既含蓄隽永，又尽波澜起伏之能事。词从忆昨切入，起两句平起铺垫。"雨疏风骤"为"落花"张本，"不消残酒"为"惜春"伏笔。以下与侍女问答。问得何其殷勤急切，答得何其清淡冷漠；于冷热对照中，备见跳跃跌宕之趣。"知否"一叠，为词脉发展之必然转折，然叠得韵味无穷，那埋怨责怪、启发诱导的声情神态，维妙维肖，如在耳目。结拍"绿肥红瘦"，逼出题旨，收水到渠成之功。且回应篇首，针线严密，浑然一体。三曰"绿肥红瘦"，自铸新词。孟诗"花落知多少"，自然流畅；李词"绿肥红瘦"，含蓄精艳，形象优美而富于暗示性。与柳永"红衰翠减"相比，显然以语工意新取胜。李词造语工巧者，尚有"宠柳娇花"之类。由此可见，李词虽以"明白如话"为其基本风貌，然亦不乏锻字炼句之功力。

——四川文艺出版社《百家唐宋词新话》

吴熊和

　　浓睡醒来，宿醉未消，就担心地询问经过一宵风雨窗前的海棠花怎样了。卷帘人不免粗心，告慰说，幸好，无恙。但凭着敏感的心灵，她已感到经雨之后必然绿叶丰润而红花憔悴了。宋人爱海棠。陆游曾有"为爱名花抵死狂""海棠已过不成春"（《花时遍游诸家园》）等句。这首词表现了对花事和春光的爱惜以及女性特有的关切和敏感。全词仅三十三字，巧妙地写了同卷帘人的问答，问者情多，答者意淡，因而逼出"知否，知否"二句，写得灵活而多情致。词中造语工巧，"雨疏、风骤""浓睡""残酒"都是当句对；"绿肥红瘦"这句中，以绿代叶、以红代花，虽为过去诗词中常见（如唐僧齐己诗"红残绿满海棠枝"），但把"红"同"瘦"联在一起，以"瘦"字状海棠的由繁丽而憔悴零落，显得凄婉，炼字亦甚精，在修辞上有所新创。唐韩偓《懒起》诗："昨夜三更雨，临明一阵寒。海棠花在否？侧卧卷帘看。"李清照此词或许胎息于韩诗，但结句用问答对话出之，委曲精工，更胜韩作。因此《蓼园词选》说此词"短幅中藏无数曲折，自是圣于词者。"

——浙江人民出版社《唐宋诗词探胜》

浣溪沙①

【原 文】

春景

小院闲窗春色深②。重帘未卷影沉沉③。倚楼无语理瑶琴④。远岫出云催薄暮⑤,细风吹雨弄轻阴。梨花欲谢恐难禁。

注 释

❶浣溪沙:此调一名《小庭花》,系取张泌词"露浓香泛小庭花"句;一名《醉木犀》,由韩淲词"一曲西风醉木犀"而来。风格宛转,语音清脆,宜于写景抒情。李清照此词颇近本意。在《全宋词》中,这是使用频率最高的一种词调,共用七百七十多次。其中最著名或写得最好的莫过于晏殊的"一曲新词酒一杯"和苏轼的"山下兰芽短浸溪""西塞山边白鹭飞"等。

❷闲窗:装有护栏的窗子。

❸沉沉:形容深邃的样子。

❹瑶琴:饰玉的琴,即玉琴。也作为琴的美称,泛指古琴。

❺岫:山峰。薄暮:指太阳将要落山的时候。

选 评

明·杨慎

景语,丽语。

——批点《草堂诗余》

明·沈际飞

"欲谢""难禁",淡语中致语。

——《草堂诗余正集》

明·董其昌

写出闺妇心情,在此数语。

——《便读草堂诗余》

明·李攀龙

分明是闺中愁、宫中怨情景。少妇深情,却被周君浅浅勘破。

——《草堂诗余隽》

吴熊和

杜牧诗:"砌下梨花一堆雪,明年谁此倚阑干。"苏轼诗:"梨花淡白柳深青,柳絮飞时花满城。惆怅东栏一株雪,人生看得几清明?"自来咏梨花者,常借此而发出人生的感喟。李清照此词,或许也含有这层意思。对于梨花的"欲谢难禁",一个多愁善感的女子很容易因青春的渐渐消逝而联想到自身的命运,不禁引起深心的怅触。不过此词风格轻淡,这层有关人生的感喟在词中也很轻淡,也在有意无意、若存若亡之间。别具会心者才赏其"淡语"中有"致语"。

——齐鲁书社《李清照词鉴赏》

漱玉词

浣溪沙①

【原文】

淡荡春光寒食天②，玉炉沉水袅残烟③。梦回山枕隐花钿④。海燕未来人斗草⑤，江梅已过柳生绵⑥。黄昏疏雨湿秋千⑦。

注 释

❶浣溪沙：此首之写作背景、题旨皆同前首。

❷淡荡：和舒的样子。多用以形容春天的景物。寒食：节令名。在清明前一二日。相传春秋时，介之推辅佐晋文公回国后，隐于山中，晋文公烧山逼他出来，之推抱树焚死。为悼念他，文公遂定是日禁火寒食。《荆楚岁时记》："去冬至节一百五日，即有疾风甚雨，谓之寒食，禁火三日。"

❸玉炉：香炉之美称。沉水：指名贵的沉香。

❹山枕：两端隆起如山形的凹枕。一说指高枕。花钿：用金片镶嵌成花形的首饰。

❺斗草：一种竞采百草、比赛优胜的游戏。

❻江梅：梅的一种优良品种，非专指生于江边或水边之梅。柳绵：柳絮。柳树的种子带有白色绒毛，故称。

❼"黄昏"句：意谓傍晚细雨蒙蒙润湿了秋千。此系对清明佳节特有风物的一种写实而又传神的概括。秋千：相传春秋时齐桓公由北方山戎引入。在高高的木架上悬挂两绳，下拴横板。玩者在板上或坐或站，两手握绳，使前后摆动。

技高胆大者可腾空而起，并可双人共戏。一说秋千起于汉武帝时，武帝愿千秋万岁，宫中因作千秋之戏，后倒读为秋千。见《事物纪原》。

选 评

王璠

这词构思奇突，语言凝练。有时令的描述，写天气由晴朗转阴沉；有人物的刻划，写心情娇慵转憨直。浑然无间，融为一体。黄了翁评"黄昏疏雨湿秋千"句，说："可与'丝雨湿流光''波底夕阳红湿''湿'字争胜。"（《蓼园词选》）那就未免识其小而遗其大了。

——内蒙古人民出版社《李清照研究丛稿·李清照两首记梦的〈浣溪沙〉》

陈邦炎

上阕逆挽，下阕顺写，使全词既见错综变化而又层次分明、脉络井然外，还有一些值得拈出之处。如前所述，全词六句，显示了六个画面。每个画面所描画的又不止一物一事，而是两三种事物的组合。如首句写了春光与寒食；次句写了玉炉、沉水、残烟；第三句写了春梦、山枕、花钿；第四句写了燕未来与人斗草；第五句写了梅已过与柳生绵；末句写了黄昏、疏雨、秋千。词人把这么多的事物收集入词，却使人读来并无拼凑庞杂之感，只觉事物与事物间、字句与字句间融合无间，构成了一幅完整而和谐的画卷。

——齐鲁书社《李清照词鉴赏》

傅经顺

这是李清照婚前在汴京所写的一首咏春词。词中通过对春天气候、景致、游戏等描写，以清新质朴的笔调，描绘了词人天真、活泼、热爱生活、无忧无虑的个性特点；抒发了词人雅致而又爱动的生活情趣。运笔简洁，意境新美，能给人以生活美、情趣美的艺术陶冶。

——巴蜀书社《李清照作品赏析集》

徐培均

　　观"海燕未来人斗草"一句，可知此词为少女时作。唐代女孩子有五月五日斗百草的游戏，宋代也有，但时间不同。吴自牧《梦粱录》卷一说："二月朔（初一）谓之中和节……禁中宫女以百草斗戏。"……前人评价说"可与'丝雨湿流光''波底夕阳红湿''湿'字争胜"（黄了翁《蓼园词选》）。在这里，一位少女的伤春情怀，仅着一字，而神情毕现。其内心世界，令人可以想见。看来词人自己也快由天真无邪的少女走向多愁善感的盛年了。

——上海古籍出版社《李清照》

浣溪沙①

【原 文】

　　髻子伤春慵更梳②,晚风庭院落梅初。淡云来往月疏疏③。玉鸭熏炉闲瑞脑④,朱樱斗帐掩流苏⑤。遗犀还解辟寒无⑥。

【注 释】

❶浣溪沙:此首当系作者婚前所填"闺情"词。起拍虽明言"伤春"之情,实则寓托怀春求偶之意。其所居"庭院",亦当是她"手种江梅"(《满庭芳》)之院落。

❷慵:懒。

❸疏疏:形容月光稀疏,时有时无。

❹玉鸭熏炉:鸭形熏炉。玉鸭,鸭之美称。瑞脑:香料名。即龙脑。

❺朱樱:被视为珍果的深红色的樱桃。这里借以形容慢帐的颜色和形状。斗帐:覆斗形的帐子。流苏:用丝线或彩色羽毛制成的下垂的穗子,用以装饰慢帐等物。此二句似对《孔雀东南飞》"红罗复斗帐,四角垂香囊"有所取意。

❻"遗犀"句:《开元天宝遗事》云:"开元二年冬至,交趾国进犀一株,色黄如金。使者请以金盘置于殿中,温温然有暖气袭人。上问其故,使者对曰:'此辟寒犀也。顷自隋文帝时,本国曾进一株,直至今日。'"辟:通"避"。无:同"否""么"。一说犀即镇帷犀。见苏轼《四时词》其四。此句意谓:早年遗留下来的犀角,是否还有避寒之效?语义深层似含有深闺冷寂之意。

选评

清·陈廷焯

清丽之句。宛约。

——《云韶集》

清·谭献

易安居士独此篇有唐调,选家炉冶,遂标此奇。

——《复堂词话》

蔡厚示

伤春,不同于惜春。惜春是惋惜春天的消逝,如黄庭坚的《清平乐》"春归何处"和辛弃疾的《摸鱼儿》"更能消几番风雨?匆匆春又归去"。伤春,则是由于春天的到来而伤感,如冯延巳(一作欧阳修)的《蝶恋花》"谁道闲情抛弃久?每到春来,惆怅还依旧"和此词。……这首词写的是梅花始凋、乍暖还寒的早春时节;而不是梅子黄熟"一川烟雨、满城风絮"的夏季风光。俗话说得好:"一燕可以知春。"因此,当女主人公暮见地下落梅数瓣,便立即敏感到春神的脚步又降临了。……女主人公独自守在深深的庭院里,值此春夜,自然觉得格外寂寞。她抬头凝望远空。只见淡淡的流云微渡霄汉,来往掩映着一轮孤零零的月亮,筛下来一道道稀疏的月光。前一句,才写女主人公低头见地下梅落花残;后一句,又写她举头见云淡月孤。读者从这里可以想到:就在这一低头和一举头之间,该有多少千丝万缕凄凉意绪,萦绕在她的心头!何况望月怀远,乃是人情所同,恰似张若虚《春江花月夜》所写:"此时相望不相闻,愿逐月华流照君。"因为只有天上月此刻能同照着他们两个,替他俩传递异地的相思。……整首词写得如泣,如诉,如怨,如慕。在表面平静的叙述中,蕴藏着极为丰富、复杂而又细腻的感情。末尾一句,更迸出了强烈的呼喊,发为直叩人心的诘问。

——齐鲁书社《李清照词鉴赏》

侯健　吕智敏

　　这首词抒写伤春之情，主要通过室内外的环境、景物来烘托渲染。首句开门见山，直接点出"伤春"的题旨，并撷取了最能表达女子心理特征的懒于梳妆的生活细节，将伤春的抽象情绪予以形象化的显示。这"伤春"二字是全词的词眼，无论是风吹梅落、云遮月暗的自然环境，还是宝炉香消、斗帐生寒的室内环境，无一不受着它的照映，染上了凄清伤感的色彩。全词的笔调淡雅，节奏舒缓，更有助于伤春情绪的表达。

——山西教育出版社《李清照诗词评注》

浣溪沙①

【原文】

莫许杯深琥珀浓②,未成沉醉意先融③,疏钟已应晚来风④。瑞脑香消魂梦断⑤,辟寒金小髻鬟松⑥,醒时空对烛花红⑦。

注 释

❶浣溪沙:此首亦当是未婚少女所作"闺情"词。"是青春期因深闺寂寞而产生的一种朦胧而难以辨析的情绪……为这种情绪所困,心儿不宁,甚至醉也不成,梦也不成,不知如何排遣。"(吴熊和语)

❷莫许:当为"莫诉"。"许""诉"形近而误。"诉"有辞酒不饮之义,如韦庄除了《离筵诉酒诗》,其《菩萨蛮》"莫诉金杯满"句,与清照此句词意相同。琥珀:这里指色如琥珀的美酒。

❸融:形容酒醉恬适的样子。

❹疏钟:《漱玉词》的诸多版本阙如。此二字仅见于文津阁《四库全书》本之《乐府雅词》卷下,故疑其为四库馆臣所臆补。

❺瑞脑:一种名贵的香料。又称龙脑香或瑞龙脑。

❻辟寒金:相传昆明国有一种异鸟,常吐金屑如粟,铸之可以为器。王嘉《拾遗记》:"宫人争以鸟吐之金,用饰钗珮,谓之辟寒金。"这里借指首饰。辟寒金小,犹云簪、钗小。

❼"醒时"句:此句意谓深闺寂寞,醉也不成,梦也不成,深夜醒来,空对

烛花，心事重重。烛花：犹灯花。烛芯燃烧后，余烬结成的花形。相传出现灯花是喜事的征兆，亦当是词人心中希望的象征。

选评

王璠

这也是一首记梦的词，写的是离别相思之情。不过它没有从正面去描写愁和恨，却用全力刻划人物内心活动。通过梦前梦后的对比，把年轻少妇沉重的愁苦情思从侧面烘托出来。

——内蒙古人民出版社《李清照研究丛稿·李清照两首记梦的〈浣溪沙〉》

吴熊和

这首词抒写闺情，重在深婉含蓄的心理刻划。在愁思困扰的永日长夜中，几乎不言不语，百无聊赖，甚至连低微的叹息和内心的独白也难以令人听到。但这种愁思盘纡心曲，郁结未伸，日间求醉而沉醉未成，夜间求梦而魂梦又断，实际上无可摆脱而又无可遏止，深深陷入了一种五中无主、如醉如梦、不可自拔的精神境地。这样的心理描写，把深藏不露的幽闺之情写得极其深沉。这种闺情虽无形迹可求，却有心神可感，自然具有感染力。李清照在《词论》中尝批评秦观的词"譬如贫家美女，非不妍丽，而终乏富贵态"。这首《浣溪沙》词，以"琥珀浓""瑞脑香""辟寒金""烛花红"处处点缀其间，色泽秾丽，气象华贵，可谓不乏"富贵态"了。但李清照词亦专以"情致"为主，词中高华的色调并没有冲淡深沉的抒情气氛，倒是两者相得益彰，彼此协调，使这首抒写闺思的词带有一种高雅的气派。这是李清照词所特有的一种气派，我们在她的不少词作中可以感受到。

——齐鲁书社《李清照词鉴赏》

范英豪

这首词是写词人在与丈夫离别的日子里，独处深闺的愁苦与思情，它着力于表达词人对所处环境的敏锐感受,并借此折射出词人的一种无聊、空寂心绪。孤独的词人对酒独斟,耳际传来晚风中寥落的钟声,室内香尽梦醒时,发松簪小,对烛枯坐,词人的艺术形象透纸而出。历来抒发空寂之意的作品,大都要借闲云野鹤、远山枯水,而这首《浣溪沙》从词人所居闺房写起,以其细致的感受,写出了闺中之空寂,在旷远寂寞中,带有闺阁女子独有的脂粉之气,使"空"的感情更富层次感,凄清孤单之外别有深情。

———黄山书社《李清照诗词选》

点绛唇①

【原 文】

蹴罢秋千②,起来慵整纤纤手③。露浓花瘦。薄汗轻衣透。见客入来,袜刬金钗溜。和羞走。倚门回首。却把青梅嗅④。

注 释

❶点绛唇:南朝江淹《咏美人春游诗》有"白雪凝琼貌,明珠点绛唇"之句,这一调名本此。此调另有《点樱桃》等多种别名,五代冯延巳是最早用此调填词者,《词谱》以其"荫绿围红"一首为正体。此首录自《词林万选》卷四。又见于《历代诗余》卷五、《林下词选》卷一、《古今图书集成·闺媛典》、《天籁轩词选》卷五、《三李词》等,进而系于词人婚前所作。详见拙著《李清照评传》(南京大学出版社 1995 年版)。此首杨金本《草堂诗余》前集卷下作苏轼词;《花草粹编》卷一、《续草堂诗余》卷上、《古今词统》卷四、《古今诗余醉》卷一二等作无名氏词;《词的》卷二作周邦彦词,均不可从。唐圭璋《全宋词》不收此词,嗣后云:"明杨慎《词林万选》卷四,误收李清照一首《点绛唇》词云……据《花草粹编》,卷一收此词,乃无名氏作,非清照词。赵万里辑《漱玉集》亦以为此词浅薄,不予采录。王学初《李清照集校注》云:'按 1959 年出版之北京大学学生编写之《中国文学史》第五编第四章,断定此首为李清照作,评价颇高,恐未详考。《词林万选》中不可靠之词甚多,误题作者姓名之词,约有二三十首,非审慎不可也。'余谓赵、王二氏之说,皆确有见地。清初

贺裳《皱水轩词筌》云：'至无名氏"见客入来，袜划金钗溜。和羞走。倚门回首。却把青梅嗅"，直用"见客入来和笑走，手搓梅子映中门"（韩偓诗）二语演之耳。'亦以为此词非清照作。且清照名门闺秀，少有诗名，亦不致不穿鞋而着袜行走。含羞迎笑，倚门回首，颇似市井妇女之行径，不类清照之为人，无名氏演韩偓诗，当有可能。"中华书局上海编辑所编《李清照集》、黄墨谷《重辑李清照集》等亦对此首有所怀疑，并将其作为附录。凡此亦不可从。理由下详。

❷蹴（cù）：踏。这里指打秋千。

❸慵：懒。此系清照习用之字，如"慵自梳头""玉阑干慵倚"等。

❹"见客入来"五句：清照词屡演韩偓诗，除《如梦令》（昨夜雨疏风骤）系演韩偓《懒起诗》"昨夜三更雨"外，这首《点绛唇》，尤其是这五句更是对韩偓《偶见诗》"秋千打困解罗裙，指点醍醐索一尊。见客入来和笑走，手搓梅子映中门"的精心隐括。词中的"客"当指赵明诚。他由激赏李词，进而仰慕其人。为得睹"梦中""词女"风采，明诚不难托故诣李寓。因为清照之父格非前不久还是太学的学官，或是赵的上司或老师。明诚不满足于梦境和父母之命、媒妁之言，设法亲睹未婚妻淑姿，这是极有可能的；而对于尚在议婚期间的少女清照来说，听说或猜到来"客"是未婚夫，其慌忙"和羞"走开，顺理成章。以为此词非清照所作的另一根据是：词中的"倚门回首"等于"倚门卖笑"。其实这是一种误解。"倚门"语出《史记·货殖列传》的"刺绣文不如倚市门"。司马迁以此说明"农不如工，工不如商"的道理。而"倚门卖笑"是后人的"演义"，以之形容妓女生涯，如"你看人似桃李春风墙外枝，卖俏倚门儿"（王实甫《西厢记》三本一折）、"婉娈倚门之笑，绸缪鼓瑟之娱，谅非得已"（汪中《经旧苑吊马守真文》）。鉴于"倚门"含义之演变，如定要为此词中的"倚门回首"寻找出处的话，那只能出自《史记》，而与后世的引申义无涉。况且此词中的"倚门"，只是靠着门回头看的意思，不必有何出典。即使按照被人误解了的思路，如王灼所指斥清照"轻巧尖新，姿态百出。闾巷荒淫之语，肆意落笔。自古搢绅之家能文妇女，未见如此无顾籍也……其风至闺房妇女，夸张笔墨，无所羞畏……"（《碧鸡漫志》），又可从反面印证这类有涉于"闾巷"

的"通欲歌曲"式的小词,正是出自一向爱赏新生事物的李清照之手。何况这类词又是青年男女的真实心态的写照,绝不应将其从《漱玉词》中去除,尤其是这五句更生动地说明,清照没有端起大家闺秀的架子,反倒别具一格地向世人展示了她作为待字少女的内心世界,比起所演韩诗来,大有青蓝之胜。袜划(chǎn):慌忙中鞋子掉了,以袜着地。

选 评

明·沈际飞

片时意态,淫夷万变。美人则然,纸上何遽能尔。

——《草堂诗余续集》

清·贺裳

至无名氏"见客入来,袜划金钗溜。和羞走。倚门回首。却把青梅嗅",直用"见客入来和笑走,手搓梅子映中门"二语演之耳。语虽工,终智在人后。

——《皱水轩词筌》

李杜

初春。清晨。花园内。花草树木环绕着的秋千架,架上的绳索还在悠悠晃动。刚刚荡完秋千的少女,搓着麻困了的小手。在她身旁,盛开的花朵上挂着大滴大滴的露珠;而她自己,已是涔涔香汗透湿薄薄罗衣……然而就在此时,客人来了。她猝不及防,抽身便走,不仅袜子脱落下来,连金钗也滑落下来。她跑到了园门口,却又忍不住回头看看,看又不好意思正面看,于是就拉过园门前的梅枝,装着是嗅青梅……——这就是本词为我们描绘的一些画面、一个故事。词的上片写荡完秋千后的情景,虽然秋千仍在悠悠摆动,少女也在搓着双手,但总的来说,仍是静。是静态的。然而"客入来"了,这是相对的"静"的结束,也是绝对的"动"的开始。于是词的下片,便写了客人来后的种种"运动"——钗溜,人走,回首,嗅梅……真的是身也在动、心也在动。身动是

"走",是"回首";心动是"羞",是少女忽见异性(而且很可能是前来求亲的异性)之后的爱的萌动。

——山西古籍出版社《李清照集》

孙崇恩

上片描写少女荡完秋千后累态可掬的娇美情态,下片笔锋转折,细腻地刻划了少女的羞态和娇憨神情。此词清俊明快,情真意浓。……从内容和艺术上看,这很可能是李清照早期借取韩偓《偶见》诗意,经过自己的艺术创新,对少女生活和天真娇憨性格的写照。

——人民文学出版社《李清照诗词选》

渔家傲①

【原文】

　　雪里已知春信至。寒梅点缀琼枝腻②。香脸半开娇旖旎③，当庭际、玉人浴出新妆洗④。　　造化可能偏有意⑤，故叫明月玲珑地⑥。共赏金尊沉绿蚁⑦，莫辞醉、此花不与群花比⑧。

注 释

❶渔家傲：这一词调始见于宋晏殊《珠玉词》，其中不仅有十余首咏荷联章体的《渔家傲》，就连这一调名也是出自晏殊的"神仙一曲渔家傲"之句。而在宋词中，以此调所作之词当推范仲淹的"塞下秋来风景异"和陆游的"东望山阴何处是"等。根据宋元人的诸多描述，《渔家傲》本来是一种响遏行云、声情高昂的词调，而李清照的这首蜡梅词却是典型的含蓄蕴藉、格调缠绵的婉约词，看来也是作于词人出嫁之前夕，其时她正当豆蔻年华，其父官礼部员外郎，作为已故宰相的外孙女，她的家庭环境相当优裕，好花美酒任其享用，其自矜自得之意，溢于言表，以梅自况之意甚明，是时可谓良辰、美景、赏心、乐事四者兼并。

❷寒梅：此指蜡梅，属蜡梅科。花芳香，外部黄色，内部紫褐色。冬末先叶开花，产于我国各地，是著名的观赏花木。常见写作"腊梅"者，疑误。琼枝腻：梅枝清瘦，着雪而丰腴。腻，肥。

❸旖旎（yǐnǐ）：柔和美好。

❹玉人：美人。喻指梅花。

❺造化：天地、自然界。

❻玲珑：明彻貌。

❼绿蚁：酒的代称。

❽此花不与群花比：此句的表层语义为梅花胜过其他花木，而深层语义当是指"香脸半开"、姣好无比、出人头地的词人自己！

选 评

杨恩成

李清照在《词论》中，对秦观的词曾给予较高的评价。理由是，秦词"专主情致"。同时，她又指出秦词"如贫家美女，虽极妍丽丰逸，而终乏富贵态"。可见，李清照认为，词不仅要"主情致"，而且要表现出"妍丽丰逸"的"富贵态"。这首咏梅词，可以说充分地体现了她的这种主张。她从一个贵妇人的立场、情趣出发，体物言情，无不带着一种优裕、高雅的情趣，既贴切地描绘出"庭际"梅花的状貌，又把自己高雅、悠娴的志趣，倾注入梅花，不即不离、情景相因，托兴深远。同时，作者又用"雪""月"作背景，成功地映衬出梅花的高洁与孤傲的品格。形神俱似，体物超妙。

——齐鲁书社《李清照词鉴赏》

侯健　吕智敏

但仔细揣摩，我们就会发现下片的结构特点：过片处先以"偏有意"和"故教"埋下伏笔，而主旨则扣在结句"此花不与群花比"上，它回贯整个下片，与过片处的伏笔相照应——原来造物主也为梅花的美丽所吸引，"有意"来人间赏梅，因此"故教"月光如泻银般地明亮。于是，月下赏梅饮酒、殷勤劝酒等描写就都有了依傍。在赏梅的场面中虽未着一"梅"字，但梅仍是整个场面的核心。这就不但使人玩味到过片处的"承上启下"含蓄得妙，而且首尾相呼应，更显出梅的超群不凡，抒发了词人对梅的热爱赞美之情。

——山西教育出版社《李清照诗词评注》

漱玉词

庆清朝①

【原 文】

禁幄低张②，彤阑巧护③，就中独占残春。容华淡伫，绰约俱见天真④。待得群花过后，一番风露晓妆新。妖娆艳态，妒风笑月，长殢东君⑤。　　东城边，南陌上，正日烘池馆，竞走香轮。绮筵散日⑥，谁人可继芳尘⑦。更好明光宫殿⑧，几枝先近日边匀⑨。金尊倒，拼了尽烛，不管黄昏⑩。

【注 释】

❶庆清朝：此词调名他本多作《庆清朝慢》，疑误。《词谱》以王观《庆清朝慢·踏青》为正格，李清照此词为变体。王、李二词字数、句读均有所不同，调名亦不同，兹作《庆清朝》。又说《庆清朝》，即《庆清朝慢》。而宋李宏模《庆清朝·木芙蓉》则系仄韵体。此首盖作于李清照结婚前后一生最得意之时。

❷禁幄低张：指护花的帷幕低垂。

❸彤阑：红色的栏杆。

❹"容华"二句：意谓娇媚的芍药就像一个风姿绰约的美人一样。伫：久立。绰（chuò）约：姿态柔美。在汉唐人所著的《神农本草经》和《新修本草》等中药学书籍中，即以"绰约"形容芍药。由此亦可见，此首系咏芍药，而非如有注者所云为吟咏牡丹之作。

❺"妖娆"三句：意谓娇媚的芍药惹得春风嫉妒，明月为之绽开笑脸，还能

把春天久久地留住。媂（tì）：滞留。

❻绮筵：豪华而丰盛的酒席。

❼芳尘：含有双关之义，一则是对"香轮"车尘的美称，其意与"戢流波于桂水兮，起芳尘于沉泥"（陆云《喜霁赋》）同；二则当指词人所欣赏的这种入禁赏花的高雅活动，其意与"振芳尘于后"（《宋书·谢灵运传》史臣曰）相近，指某种名声、风气。

❽明光宫殿：汉代宫殿名。明光宫，武帝太初四年秋起，在长乐宫后。（见《三辅黄图》卷三）明光殿，《三辅黄图》卷二："未央宫渐台西有桂宫，中有明光殿，皆金玉珠玑为帘箔，处处明月珠，金釭玉阶，昼夜光明。"这里借指北宋汴京的宫殿。

❾日边：太阳的旁边。这里比喻在皇帝身边。

❿"金尊倒"三句：意谓日夜宴饮，喝得杯盘狼藉，灯烛燃尽。

选评

黄墨谷

此词各本无题，细玩词意，有"就中独占残春"，乃咏芍药之作。苏东坡诗："一声啼鴂画楼东，魏紫姚黄扫地空。多谢化工怜寂寞，尚留芍药殿春风。"王十朋《芍药》诗："千叶扬州种，春深霸众芳。"

——中华书局《重辑李清照集》

喻朝刚

词中虽未点明所咏之物，不过从"就中独占残春"和"绰约俱见天真"等句，可以看出作者咏赞的是春末时节盛开的芍药花。因为在春天的百花园中，芍药开得最晚，所以又称为"婪尾春"。"婪尾"，即末尾的意思。"独占残春"，是说残春时节独自盛开，显然是指芍药而言。又"绰约"一词，本来是形容女子的姿态柔美。由于芍药花娇艳动人，古人常常把它比为美女，故《本草》中说："芍药，犹绰约。"词人通过这两句赞语，巧妙地暗示出所写的是暮春独自盛开的名花——芍药。这种在字面上不出本题的艺术表现方法，含而不露，耐人寻味，在南宋词人姜夔、史达祖、吴文英等人的咏物词中用得较多……这首词以咏物为主，同时也具有很浓的抒情气氛。词中对芍药花的描绘，可以说是维妙维肖，生动传神。……含蓄蕴藉，余味无穷，给人以美的享受。

——吉林大学出版社《宋词精华新解》

孙崇恩

上阕描写宫内禁苑牡丹的容姿。起笔"禁幄"三句，写牡丹所处的环境，表现其高贵，突出咏花本题，运笔工巧，如烘云托月。紧接着刻划牡丹形象，"容华"二句，写牡丹的神姿；"待得"二句，写牡丹的品格；"妖娆"三句，写牡丹的魅力，"妒""笑""瓣"三字把风、月、日拟人化，写来生动传神，形神毕现。下阕描写宫廷内外赏花的情景。换头笔势转折，"东城边"四句，写赏花盛况；紧接着再度跌宕，"绮筵"二句，抒赏花之情，含伤春之感；"更加"二句，又见跌宕，突出禁苑赏花；结尾笔锋挺拔，洒脱不羁，"金尊倒"三句，抒惜春赏花情怀。全词状物抒怀，笔致工雅，层层铺陈，宕而有序，蕴藉含蓄，表现了一派繁荣升平景象，抒发了女词人一腔赏花惜春之情。

——人民文学出版社《李清照诗词选》

侯健　吕智敏

据宋人钱易的《南部新书》记载，宋时有"三月十五日两街看牡丹，奔走车马"的风俗。李清照这首词就记述了她青年时代于京城汴梁观赏牡丹时的情景。词的上片写花事。词人运用侧面描写与正面描写交相穿插，又以侧面描写为主的手法来塑造牡丹的美好形象。……词人在引导我们欣赏了初放的牡丹之后，又将她放在凋残的群芳之中进行对比描写。"群芳过后"，已经是一片残花败蕊，而"晓妆新"的牡丹却显得更加生意盎然，超逸拔萃。之后，再以侧写手法描绘盛极怒放的牡丹使春风妒羡，朗月爱慕，日神眷恋的"妖娆艳态"，这就与"就中独占残春"紧密呼应，成功地塑造了作为"花中之王"的牡丹的光彩形象。词的下片写赏花盛况。词人运用敷演铺陈的手法，在读者眼前展开了一幅锦绣画卷：东城、南陌，接踵比肩；宝马、香轮，水流潮涌。好花不常开，好景不常在，因此人们争相赏花——皇宫禁苑里，帝妃们在赏花；胜景名园中，贵族们在赏花；街市阡陌间，百姓们也在赏花，京城赏花的热烈景象尽收词人笔底。结句处，词人极写人们通宵达旦饮酒赏花如痴如狂的兴致，淋漓酣畅地绘出秉烛宴饮赏花的热闹场面，抒发了词人欣喜欢乐的情怀。

——山西教育出版社《李清照诗词评注》

鹧鸪天①

【原文】

暗淡轻黄体性柔。情疏迹远只香留。何须浅碧深红色,自是花中第一流。　　梅定妒,菊应羞。画阑开处冠中秋②。骚人可煞无情思,何事当年不见收③。

注 释

❶鹧鸪天:又名《思佳客》《第一花》等。明杨慎《词品》卷一认为,这一调名取自唐郑嵎诗"春游鸡鹿塞,家在鹧鸪天"。以此词调所作之词中的名作除了晏几道的"彩袖殷勤捧玉钟"外,还有辛弃疾的"壮岁旌旗拥万夫""陌上柔桑破嫩芽"等。李清照此词仿佛透出这样的心态:在写出以花容月貌自况的咏蜡梅的《渔家傲》等词之后,作者意犹未尽,遂写了这首《鹧鸪天》。此词之旨,一则是以桂的色淡香浓,来比喻人的内在之美更为可贵,别看桂花不以貌惊人,但它的清高和甜香,足以使它成为"花中第一流";二则词中尚暗含不易读出的这样一种深层寓意,即词人自知李氏门第并不煊赫,比起朝廷中的诸多名公大臣,她一直认为其父祖的地位是低下的,就像是自然界的岩桂,虽然其名位不能与御园中"浅碧深红色"的牡丹、芍药相比,但它的清高脱俗、宜人香气,以及作为中秋佳节的应时之花,又足以使它成为中秋之冠,惹来失期之梅和晚开之菊的种种妒忌。在这里词人并不是要贬低她一向喜爱的梅、菊,也不是说她家的门第仍然那么低下,而是想通过对以香甜取胜的桂花的褒赞,将

自身的"内美"昭著于世。

❷"画阑"句：化用李贺《金铜仙人辞汉歌》"画栏桂树悬秋香"之句意，谓桂花为中秋时节首屈一指的花木。

❸"骚人"二句：取意于陈与义《清平乐·木犀》"楚人未识孤妍，《离骚》遗恨千年"之句意。"骚人""楚人"均指屈原。可煞：疑问词，犹可是。此二句意谓《离骚》多载花木名称而未提及桂花。对于此二句，曾有论者称其为借咏花发泄自己才能被埋没的不平。此未免求之过深。首先她的才能并未被埋没，相反已名满京城；其次对于当时的一个待字少女或新婚少妇来说，不太可能具有经世致用之想，何况正在优雅地观察桂花的她，心中会有什么不平！实际情况可能是，鉴于境况的顺心随意，此时的李清照在创作上颇有点初生牛犊不惧虎的意味，其所谓"骚人可煞无情思，何事当年不见收"，是清照自信地认为屈原的审美情趣不如她，竟没有把桂花写进注重内美的《离骚》中。总之，此词从头到尾表达的是作者得意自负的情绪，尚谈不上对"社会"有何不平。情思：情意。何事：为何。

选 评

蒋哲伦

漱玉词向以白描见长，而本篇却以议论取胜。但成功的经验不在于理性的思辨，而仍归于形象的辨析和强烈主观感情色彩，且二者的基础和出发点都离不开形象的描绘，也就是说，如果没有第一、二句对桂花外形特质的成功的描绘，为全词的议论奠定基础，那么，由此生发出来的议论，无论是正面的品评，还是侧面的比衬，或是无理的质问，都成了无根之木，无源之水。至于议论或发问更不带丝毫的书卷气或头巾气，这样方能妙趣横生，令人叹服。

——齐鲁书社《李清照词鉴赏》

刘瑜

此词并非仅咏桂花，而寄托遥邃。诚如沈祥龙云："咏物之作，在借物以寓性情，凡身世之感，君国之忧，隐然蕴于其内，斯寄托遥深，非沾沾焉咏一物矣。"此词，易安也以"第一流""冠中秋"的桂花自喻自勉。"端庄其品""清丽其词"的李清照自然是人中"第一流"的女杰了。

——民族出版社《李清照词欣赏》

减字木兰花①

【原 文】

卖花担上，买得一枝春欲放②。泪染轻匀③，犹带彤霞晓露痕。怕郎猜道，奴面不如花面好④。云鬓斜簪⑤，徒要教郎比并看⑥。

注 释

❶减字木兰花：有时简称《减兰》，又名《木兰春》等。双调44字，即就宋词《木兰花》的一、三、五、七句各减三字。上下阕各二句仄韵转二句平韵。《词谱》卷五所列此调是欧阳修所作"歌檀敛袂"。李清照作此词之法同欧法。此首作于词人新婚不久，汲古阁未刻本《漱玉词》收之，《花草粹编》卷二亦作清照词。而赵万里辑《漱玉词》谓其"词意浅显，亦不似他作"。此虽不失一说，却不宜据之判此词为伪作。因为《漱玉词》中确有部分浅俗轻巧之作，王灼讥其"无所羞畏"，倒可从反面印证此类词的真实性。"不似他作"亦是事实，《漱玉词》中凡有涉伉俪之情者，多系悲苦之言，而此首纯系"欢愉之辞"，"欢愉之辞难工，而穷苦之言易好"（韩愈《荆潭唱和诗序》）。至于此词的所谓"闾巷"（与上引均见王灼《碧鸡漫志》卷二）、市井意味，今天却不必为此对其有所非议，"女为悦己者容"，主人公为取悦新郎，故意让他看看是带露的红花好看，还是新娘的如花容颜更美。作为"闺房之事"，新娘此举不谓过分，更无低俗之嫌。时至今日不应以道学家面孔，将此类词摒于《漱玉词》之外。因为这类词比"正统"的"易安体"，更能体现词人对于旧礼教和旧道学的冲撞，而这种冲撞本身正体现了一种新进的思想

意识，也是李清照"压倒须眉"（李调元《雨村词话》）之处。

❷春：此处为生机盎然之意。

❸泪：指形似眼泪的晶莹露珠。

❹奴：清照自称。

❺云鬓：形容鬓发多而美。

❻"徒要"句：此句意谓自己比花更好看。徒：只，但。郎：在古代既是妇女对丈夫的称呼，也是女子对所爱男子的称呼。此处当指前者。比并：对比。在对现存《漱玉词》的近五十首词做了一一解读后，笔者惊奇地发现，此词结拍二句的立意，在词人四十五岁于江宁（今南京）所作《蝶恋花·上巳召亲族》结拍二句"醉莫插花花莫笑，可怜春似人将老"中，得到了反意照应。值得注意的是，清照词的立意，往往在时隔多年后，尚有前后照应，如《清平乐》（年年雪里）既是对此首的照应，也是对《诉衷情》"更挼残蕊"诸句的照应。这不又从另一角度证明此词确为清照所作吗？

选 评

侯健　吕智敏

统观全篇，笔法虚实相映，直接写花处即间接写人处，直接写人处即间接写花处；春花即是少女，少女即是春花，两个艺术形象融成了一体。……近人赵万里认为，这首词"词意浅显，亦不似他作"，故将此指为伪作。（赵万里辑《漱玉词》）这种看法是没有道理的。从词风来看，它明丽婉约，与早期易安词《如梦令·尝记溪亭日暮》等格调逼似，从观察生活的细腻，刻画少女心理活动的真切以及提炼口语入词的能力等方面看，更非他人所能相比。赵氏之说，恐系过分拘于礼教陈规，而厌弃此作描写女子心理之大胆率真所致。

——山西教育出版社《李清照诗词评注》

刘瑜

上片侧重写花美，是下片的衬垫，主要采用拟人的手法。这是明写，实写；

下片侧重写人美,她坚信人面能胜过鲜花,衬托容貌之美,主要采用心理描写的方法。这是暗写,虚写。上下虚实相生,明暗相济,相得益彰。上有"烘云"之巧,下有"托月"之妙。

——山东友谊出版社《李清照全词》

瑞鹧鸪①

【原文】

双银杏

风韵雍容未甚都②,尊前甘橘可为奴③。谁怜流落江湖上,玉骨冰肌未肯枯④。　谁教并蒂连枝摘,醉后明皇倚太真⑤。居士擘开真有意,要吟风味两家新⑥。

注释

❶瑞鹧鸪:又名《鹧鸪词》《舞春风》等。始见于五代冯延巳《阳春集》,作《舞春风》。关于此调多有争议。此首录自《花草粹编》卷六,洵为伉俪相娱之词,大概作于词人新婚不久。关于此词尚有二疑点。其一,是不是词?"按虞、真二部,诗余绝少通叶。极似七言绝句,与《瑞鹧鸪》词体不合。"(赵万里辑《漱玉词》)对此说可作如是辩解:《瑞鹧鸪》作为词牌,又名《舞拍》《舞春风》《鹧鸪词》等,本为七言律诗,因唐人谱为歌词,遂成词调。至晏殊、柳永,此调又分别衍为六十四字和八十八字。李清照这首五十六字体,虽字数与七律合,但仍应视为词,因为与其同时代的杜安世和侯寘等人的同调五十六字体,均为词而非诗。其二,"居士"可泛指自命清高者,与含有隐者之意的"易安居士"不同。新婚燕尔的李清照最为清高自许,十八九岁自称"居士",亦不无符合情理之由。

❷"风韵"句:《史记·司马相如传》:"相如之临邛,从车骑,雍容闲雅甚都。"此系反意隐括。都:姣好。

❸甘橘可为奴:柑橘别称木奴。(见《三国志·吴志·孙休传》注引《襄阳记》)

❹玉骨冰肌:形容仪容秀美或品行高洁。

❺"醉后"句:《开元天宝遗事》卷下:"明皇与贵妃幸华清宫。因宿酒初醒,凭妃子肩同看木芍药。上亲折一枝与妃子,递嗅其艳。"太真、贵妃均指杨玉环。

❻"居士"二句:此二句系整首词的结穴之处,意谓擘开双银杏,犹如莲子生有薏心,银杏"心"中亦有意(薏)。两家新:犹言两颗心。此处系词人以唐明皇与杨贵妃彼此心心相印、爱怜有意喻其新婚境况。

选 评

侯健　吕智敏

上片是泛写银杏,下片具体写双银杏。首先抓住其"并蒂连枝"的特点写出了双银杏相依相偎的姿态和连枝连理的亲缘关系,并用明皇醉倚太真共赏牡丹的形态作比,形象十分鲜明生动,使人对双银杏生出一片爱怜之意,与前片"谁怜"紧密呼应,词人的主观感情色彩深深地渗入到客观描写之中,更增添了双银杏形象可亲可爱的诱人魅力。"居士擘开真有意,要吟风味两家新"两句,巧妙地运用了谐音双关的修辞手法,既写出了词人剥食银杏时的具体感受:果仁饱满,味道清新;又含蓄地表现了词人夫妇虽身处乡野,远离京城的豪华生活,但却安之若素,像并蒂连枝的双银杏一样,彼此相依相扶,情意深笃,心心相印,爱情常新的美好品格情操。

——山西教育出版社《李清照诗词评注》

范英豪

这首咏银杏的词,表现了词人身处逆境,不屈从世俗,洁身自好的品格。词上片写银杏的高洁品行和不幸遭遇,是词人自我形象的写照。先以橘来衬托银杏的质朴和高贵,再以"谁怜"句喻词人历经艰难的遭遇,而"未肯枯"表达了她顽强不屈,直面人生的勇气,感情饱满,语气强劲,极富表现力。词下片专咏并蒂银杏,表达了词人对生活的祝愿,以明皇贵妃并肩赏花来拟银杏相依之态,写活了银杏,也寄托了词人对夫妻恩爱的怀念。结句以"擘开真有意"的习俗寄托了对新一年生活的美好祝愿,表达了词人在经过磨难后对未来的信心。

——黄山书社《李清照诗词选》

一剪梅①

【原文】

红藕香残玉簟秋②。轻解罗裳，独上兰舟③。云中谁寄锦书来④，雁字回时，月满西楼。　　花自飘零水自流。一种相思，两处闲愁。此情无计可消除，才下眉头，却上心头⑤。

注释

❶一剪梅：这一调名虽然被认为出自周邦彦《清真集》中同调词的"一剪梅花万样娇"，《词谱》又将其与吴文英"远目伤心楼上山"同列为正体，但是其又名《玉簟秋》则当源于李清照此词之首句。事实上，以此调所作的唐宋词中，恐怕难以找到比李清照这一首和蒋捷"一片春愁待酒浇"更好的作品了。

❷玉簟秋：意谓时至深秋，精美的竹席已嫌清凉。

❸兰舟：一说是对舟船的美称；一说这里的"兰舟"特指睡眠用的床榻。后说宜从。这是因为词的上阕描述抒情环境："红藕香残"暗写季节变化；"玉簟秋"谓竹席已有秋凉之意；"雁字回时"为秋雁南飞之时；"月满西楼"，西楼为女主人公住处，月照楼上，自然是夜深了。若以"兰舟"为木兰舟，为何女主人公深夜还要坐船出游呢？而且她"独上兰舟"时，为何还要"轻解罗裳"呢？这样解释显然与整个环境是矛盾的。清照有一首《浣溪沙》（应为《南歌子》）与《一剪梅》的抒情环境很相似，其上阕云："天上星河转，人间帘幕垂。凉生枕簟泪痕滋。起解罗衣聊问、夜何其。""凉生枕簟"与"玉簟秋"，

"起解罗衣"与"轻解罗裳","夜何其"与"月满西楼",意象都相似或相同。两词的上阕都写女主人公秋夜在卧室里准备入睡的情形。此时她绝不可能忽然"独自坐船出游"。"兰舟"只能理解为床榻,"轻解罗裳,独上兰舟",即她解卸衣裳,独自一人上床榻准备睡眠了。"玉簟秋"乃睡时的感觉,听到雁声,见到月光满楼,更增秋夜孤寂之感,于是词的下阕书写对丈夫的思念便是全词意脉必然的发展了。

❹锦书:对书信的一种美称。《晋书·列女传·窦滔妻苏氏传》云:苏蕙"织锦为回文旋图诗",以赠其"被徙流沙"的丈夫窦滔。这种用锦织成的字称锦字,又称锦书。

❺"此情"三句:或云取意于范仲淹《御街行》"都来此事,眉间心上,无计相违避"。此三句又被认为"李特工耳"(王士禛《花草蒙拾》)。

选 评

明·杨慎

离情欲泪。读此始知高则诚、关汉卿诸人是效颦。

——批点《草堂诗余》

明·王世贞

孙夫人"闲把绣丝挦,认得金针又倒拈"。可谓看朱成碧矣。李易安"此情无计可消除,才下眉头,又上心头"。可谓憔悴支离矣。秦少游"安排肠断到黄昏,甫能炙得灯儿了,雨打梨花深闭门"。则一二时无间矣。此非深于闺恨者不能也。

——《弇州山人词评》

清·徐釚

董文友《一剪梅》云:"惯得相携花下游,苏大风流,苏小风流。而今别况冷于秋,燕去南楼,人去南楼。等闲平判十分愁,侬在心头,卿在眉头。少年心事总悠悠，一曲扬州，一梦苏州。"商丘宋牧仲谓其酷似李易安。

——《词苑丛谈》

清·万树

"月满楼"，或作"月满西楼"。不知此调与他词异。如"裳""思""来""除"等字，皆不用韵，原与四段排比者不同。"雁字"句七字，自是古调，何必强其入俗，而添一"西"字以凑八字乎？人若欲填排偶之句，自有别体在也。

——《词律》

清·王士禛

俞仲茅小词云："轮到相思没处辞，眉间露一丝。"视易安"才下眉头，却上心头"，可谓此儿善盗，然易安亦从范希文"都来此事，眉间心上，无计相回避"语脱胎，李特工耳。

——《花草蒙拾》

温绍堃　钱光培

李清照与赵明诚结婚时，李、赵二家都在东京，赵明诚正为太学生，虽然也常有离别（明诚每月回家两次），但并无负笈远游事；再从词的内容上看，也不像是当时送别之作。当然，若从情调风格看，这首词还是李清照一一〇七年离京屏居以前的作品，但写的可能是赵明诚出仕以后，出外访求"天下古文奇字"的一次远行，词中所抒发的是词人与明诚别后的难以排遣的相思之情。……李清照极善于将抽象的、不易捉摸的感情加以形象化，使之更加具体生动、真切感人。在《武陵春》里，她用"只恐双溪舴艋舟，载不动许多愁"来抒写其愁情的深重。这里又用"才下眉头，却上心头"来形象地比拟这刻骨的相思之情无法排遣的情状。她觉得这愁情就好像一个神秘的精灵一样，总是缠着我，使我蛾眉紧锁，刚刚把它赶走，让眉头稍稍舒展，可它立刻又跑到心头去了，使我心绪不宁，愁思绵绵。一个"才"，一个"却"，把愁情转递的迅速和难以驱赶，写得十分准确，十分真切。……这正说明李清照博学多才，善于取人之所长，结合自己的感情感受，巧妙地加以融化创新，并写出新意来。试仔细玩味，李词显然写得更为细腻委婉，更为曲尽情意，同时也更富于个性，更加生动传神。试问何以词人的愁情无计消除呢？还是因为自己"独"上兰舟之故，这里仍在呼应前文的"独"字。全词从"独"字着笔，用语浅近、感情深挚。上片写登舟怀远，无一字言愁，但却处处包孕着深沉的离愁别绪；下片言愁情难解，连续以巧妙的比拟把抽象的感情化为具体的形象，用语也都明白如话，不事雕琢，但却把词人无可排遣的愁情写得细腻入微、深切动人。

——北京十月文艺出版社《李清照名篇赏析》

醉花阴①

【原文】

薄雾浓云愁永昼。瑞脑销金兽②。佳节又重阳③,玉枕纱厨④,半夜凉初透。　　东篱把酒黄昏后。有暗香盈袖⑤,莫道不销魂⑥,帘卷西风,人似黄花瘦⑦。

注释

❶醉花阴:在词史上,多以毛滂和李清照的同调词为代表作。其实在两人之前,舒亶、仲殊早已以此调填词。在李清照之前、同时以及稍后,虽然共有十余首《醉花阴》,但是在立意、题旨上,李清照此词所步武的则是张耒的《秋蕊香》:"帘幕疏疏风透。一线香飘金兽。朱阑倚遍黄昏后。廊上月华如昼。　　别离滋味浓于酒。蕉人瘦。此情不及墙东柳。春色年年如旧。"关于此词的"本事",《琅嬛记》卷中引《外传》云:"易安以重阳《醉花阴》词函致明诚。明诚叹赏,自愧弗逮,务欲胜之。一切谢客,忘食忘寝者三日夜,得五十阕。杂易安作,以示友人陆德夫。德夫玩之再三曰:'只三句绝佳。'明诚诘之。曰:'莫道不销魂,帘卷西风,人似黄花瘦。'政易安作也。"王学初《李清照集校注》按云:"赵明诚喜金石刻,平生专力于此,不以词章名。《琅嬛记》所引《外传》,不知何书,殆出自捏造。所云'明诚欲胜之',必非事实。"此说可议:赵明诚虽"喜金石刻""不以词章名",但不等于赵氏不涉词事,更不见得对其妻甘拜下风。又,明诚虽然不以诗名,但现已确知其能诗。其诗今虽散佚,但韩驹在其《陵阳集》中,与赵多所赓和。

此至少可证明诚于诗词一道并非陌路。（韩、赵唱和事，见《全宋诗》。赵诗今佚，所存韩之五首"次韵""戏赵"诗，系吴熊和教授先知悉，并幸蒙见告）清照以《醉花阴》词"函致明诚"，洵为事出有因，其写作时空大概同于《一剪梅》。

❷金兽：此处指兽形的金属香炉。

❸重阳：阴历九月九日为重阳节，又称重九。曹丕《九日与钟繇书》："岁往月来，忽复九月九日。九为阳数，而日月并应，俗嘉其名，以为宜于长久，故以享宴高会。"

❹纱厨：纱帐，夏季以避蚊虫。

❺东篱：语出陶潜《饮酒诗》二十首其五："采菊东篱下，悠然见南山。"暗香盈袖：当取意于《古诗·庭中有奇树》"馨香盈怀袖"等四句。

❻销魂：因过度刺激而神思茫然，仿佛"魂"将离体。常用于形容悲伤愁苦时的情形。

❼似：他本多作"比"，此处之所以取"似"，主要基于以下两点：一，现存清照词最早而又较好的版本《乐府雅词》卷下作"似"；二，"比"虽更进一层，但所谓黄花比瘦并非比"程度"，而是一种"类比"，即作者推想，离愁之于人，犹如风霜对黄花的侵袭，伉俪睽违给年轻主人公带来的体损神伤，就像东篱初开的黄花将在肃杀的秋风中枯萎一样。这样一来，作者所要表达的身世之感与悲秋、离愁的主题，既浑然一体，不露痕迹，又不落窠臼，具有新意。

选 评

宋·胡仔

"帘卷西风，人似黄花瘦"，此语亦妇人所难到也。

——《苕溪渔隐丛话》

明·茅暎

但知传诵结语，不知妙处全在"莫道不消魂"。

——《词的》

明·沈际飞

中山王《文木赋》："薄雾浓雾。"形容木之文理也。用修云："易安本此。"不必。……康词"比梅花、瘦几分",一婉一直,并时争衡。

——《草堂诗余正集》

明·杨慎

凄语,怨而不怒。

——批点《草堂诗余》

明·王世贞

词内"人瘦也,比梅花、瘦几分",又"天还知道,和天也瘦",又"莫道不消魂,帘卷西风,人比黄花瘦",三"瘦"字俱妙。

——《弇州山人词评》

清·冯金伯

康与之"人瘦也,比梅花、瘦几分",又"天还知道,和天也瘦",又"帘卷西风,人比黄花瘦",又"应是绿肥红瘦",又"人共博山烟瘦","瘦"字俱妙。

——《词苑萃编》引王弇州语

清·王闿运

此语若非出女子自写照,则无意致。"比"字各本皆作"似",类书引反不误。

——《湘绮楼评词》

清·谭莹

绿肥红瘦语嫣然,人比黄花更可怜。若并诗中论位置,易安居士李青莲。

——《古今词辩》

唐圭璋

此首情深词苦,古今共赏。起言永昼无聊之情景,次言重阳佳节之感人。换头,言向晚把酒。着末,因花瘦而触及己瘦,伤感之至。尤妙在"莫道"二字唤起,与方回之"试问闲愁知几许"句,正同妙也。

——人民文学出版社《唐宋词简释》

夏承焘

这首词末了一个"瘦"字,归结全首词的情意,上面种种景物描写,都是为了表达这点精神,因而它确实称得上是"词眼"。以炼字来说,李清照另有《如梦令》"绿肥红瘦"之句,为人所传诵。这里她说的"人比黄花瘦"一句,也是前人未曾说过的,有它突出的创造性。

——浙江古籍出版社《唐宋词欣赏》

刘乃昌

"莫道不销魂,帘卷西风,人比黄花瘦"是全词的高潮,也是千古名句。其所以备受称赞,因为人们都公认其言美妙无比。一则,以帘外之黄花与帘内之玉人相比拟映衬,境况相类,形神相似,创意极美;再则,因花瘦而触及己瘦,请宾陪主,同命相恤,物我交融,手法甚新;三则,用人瘦胜似花瘦,最深至最含蓄地表达了词人离思之重,与词旨妙合无间,给人以余韵绵绵,美不胜收之感。《琅嬛记》载一则故事说:李清照把这首《醉花阴》寄给赵明诚,明诚也想写出几篇与妻子媲美。于是谢绝宾客,"忘食忘寝者三日夜,得五十阕。杂易安作,以示友人陆德夫,德夫玩之再三,曰:'只三句绝佳。'明诚诘之。曰:'莫道不消魂,帘卷西风,人似黄花瘦。'"这则故事可能是好事者所编,不必当真看待,但故事的构想和流传,却可以说明《醉花阴》词在读者中,是博得了广泛的喜爱和很高的评价的。

——齐鲁书社《李清照词鉴赏》

052　漱玉词

玉楼春①

【原 文】

红酥肯放琼苞碎②。探著南枝开遍未③。不知酝藉几多香④,但见包藏无限意。　道人憔悴春窗底⑤。闷损阑干愁不倚。要来小酌便来休⑥,未必明朝风不起⑦。

注 释

❶玉楼春:此调又名《木兰花》《玉楼春令》等。对此调名的来源,至今仍未达成共识。一说源自唐白居易《长恨歌》的诗句"玉楼宴罢醉和春";一说则以为因顾敻有"月照玉楼春漏促""柳映玉楼春日晚"之句而取为调名;一说还认为,早于顾敻的牛峤词已名《玉楼春》,顾敻只是取此调名以入词而已。

❷红酥:此处指色泽饱满的红梅。琼苞:像玉一样温润欲放的鲜嫩梅蕊。

❸南枝:向阳的梅枝。未:表示询问。

❹酝藉:宽和,有涵容。在此词中与下句的"包藏"意思相近。

❺道人:苏轼诗喜用"道人"而含义各不相同。《漱玉词》深受苏轼诗的影响由此可见一斑。至于对此词中"道人"的解释约有以下数种:一是"道人"系作者自指;二是"人"为作者自指,"道"是别人这样说我、议论我的意思;三是"道人"是"知人"或"见人"的意思。这里采取的是第三种含义,即红梅看见词人的憔悴,也知道她内心的苦衷。憔悴:形容困顿萎靡的样子。

❻小酌:指比较随便的饮宴。便来休:呼唤对方快来啊。休,语助词,有

"啊"的意思。朱彝尊《静志居诗话》卷一八称结拍二句"皆得此花之神"。此评语意谓李清照的这两句咏梅词,犹如林逋、苏轼等人的咏梅名句,都能体现出梅的神韵。其实此二句的深层语义当是梅己兼叹。

❼未必明朝风不起:此句紧承前句,字面上意谓说不定明天大风一起,即使还没有开放的红梅,也可能夭折。其寓托之意当是:说不定何时党争加剧,我这个年纪轻轻已被折磨得憔悴不堪的人,可能还要遭殃。

选 评

清·朱彝尊

咏物诗最难工,而梅尤不易。……李易安词:"要来小酌便来休,未必明朝风不起。"皆得此花之神。

——《曝书亭词话》

邱俊鹏

这首写红梅的《玉楼春》,不论是对物象的摄取,物性的刻画,还是抒发主人公情怀的寄寓,都深深打上了作者在某种特定环境中的审美情趣和典型感受,而表现了她在艺术上的创新精神。……而是让所咏之物与抒情主人公精神交通,以一"探"字贯穿全词,由梅之美而"探",由"探"而得其内蕴,而担心其飘零。物引起人之情思,人怜惜物之命运。是怜物,还是叹己?只好让读者读后自去体会了。

——齐鲁书社《李清照词鉴赏》

盛庆斌

下片写词人感时伤怀的愁情。调子的转折恰在过片处,这里有一个极大的感情跳动幅度。词人由探花、度花、见花而爱花,由爱花而自然转入赞花,而"赞"恰是一种包含着丰富强烈主观色彩的心理活动的直剖与外化。"不知酝藉几多香,但见包藏无限意"二句中已蕴蓄饱和着词人深挚的对美好人生的热爱与追求之情了；但一想到明朝风起后花事的残落景象，便顿生惜花之情。于是，自然地也就联想到人生，联想到自己。思前顾后，怎不让人愁煞"闷损"！但郁抑憔悴的词人从"春窗底"望出去，那红梅分明还在灼灼耀眼地开放着，于是，又反过来由自己的青春流逝而想到了眼前梅花的命运——早春的寒风也会像流光一样带走红梅的青春韶华的。到那时，要想赏梅已经来不及了。那么，还是抓紧大好春光，饮酒赏梅吧！于是又转愁闷为自宽自慰，自邀自乐。"要来小酌便来休，未必明朝风不起"。词人就是这样以回环的笔势写出了由梅而我、由我而梅的复杂感情的流动过程的。结句"未必明朝风不起"，看似浅直，只是担心明天会起风，花欣赏不成了，实则内涵却十分深邃含蓄，它饱含着词人对梅花命运的深沉忧虑，也深藏着人世沧桑之感。这样含蓄的结句，更使全词的艺术形象收物我一体之妙。

——内蒙古人民出版社《宋词精品鉴赏》

魏同贤

能得梅花之神自属上乘之作，这是不言而喻的，可此词的传神之句却又决不仅仅是"要来"两句。……"几多香""无限意"，又将梅花盛开后所发的幽香、所呈的意态摄纳其中，精神饱满，亦可见词人的灵心慧思。

——上海辞书出版社《唐宋词鉴赏辞典（唐·五代·北宋）》

漱玉词

行香子①

【原文】

草际鸣蛩②,惊落梧桐,正人间、天上愁浓。云阶月地③,关锁千重。纵浮槎来,浮槎去,不相逢④。　　星桥鹊驾⑤,经年才见,想离情、别恨难穷。牵牛织女⑥,莫是离中。甚霎儿晴,霎儿雨,霎儿风⑦。

【注释】

❶行香子:又名《爇心香》。"行香",原为拜佛仪式,爇是点燃。一说这一调名本意为道场燃香(详见《演繁露》)。虽然杜安世、晏几道(一说汪辅之)、王诜、晁补之等,都以此调填过词,而对此词产生影响的,当首推苏轼的同调词。这首词有的版本题作《七夕》,与词中所写牛郎、织女故事相合。牛郎、织女,简称"牛女"。此首词或作于崇宁三四年。当时廷争之情景,就像被人荡来荡去的秋千,又酷似儿童玩的跷跷板。此词当是有感于这种政治上的"跷跷板运动"而作。

❷蛩(qióng):蟋蟀。

❸云阶月地:指天宫。语出杜牧《七夕诗》。

❹"纵浮槎来"三句:张华《博物志》记载,天河与海可通,每年八月有浮槎,来往从不失期。有人矢志要上天宫,带了许多吃食驾着浮槎而往,航行十数天竟到达了天河。此人看到牛郎在河边饮牛,织女却在很遥远的天宫中。浮

槎：指往来于海上和天河之间的木筏。此三句系对张华上述记载的隐括，借喻词人与其夫的被迫分离之事。

❺星桥鹊驾：传说七夕牛郎、织女在天河相会时，喜鹊为之搭桥，故称鹊桥。韩鄂《岁华纪丽》卷三引《风俗通》："织女七夕当渡河，使鹊为桥。"

❻牵牛织女：二星宿名。《文选·曹丕〈燕歌行〉》："牵牛织女遥相望。"李善注："《史记》曰：'牵牛为牺牲，其北织女，织女，天女孙也。'曹植《九咏》注曰：'牵牛为夫，织女为妇。织女、牵牛之星各处一旁，七月七日得一会同矣。'"

❼"甚霎儿晴"三句："甚"是领字，此处含有"正"的意思。霎儿，一会儿。此三句借"七夕"前后晴雨难测的天气变化，喻社会政治风云变幻无常，而绝不单纯是修辞学上的"一语双关"。从社会心理层次上看，其巧妙地传达了作者的心声。当时清照的处境比织女还难堪，"经年才见"，说明牛女一年还有一次"法定"的见面时间，而年轻、无辜的词人，在新旧党争激烈时，往往处在朝不保夕之中。这种天大的冤屈，就是词人写作悲苦难熬的离情词的主要背景。

选评

孙崇恩

上下阕结构句式排叠，具有形式美、音乐美、意境美，它以突出天气忽晴忽雨的骤然变化，隐喻时局风云的急剧动荡；借牛郎织女远隔云阶月地、莽莽星河不得相会，隐喻女词人与丈夫身处异地、心相牵念的离愁；用牛郎织女鹊桥相会、瞬间离别，隐喻女词人与丈夫在急剧变乱中的别恨，想象丰富，思致微妙，含蓄不露，发人深思。昔人咏节序，以牛郎织女故事为题材者不计其数，付之歌喉者，类多率俗。此词不落俗套，独有创新。作者以自身的真切生活感受，借七夕牛郎织女的故事，通过艺术形象把人间天上融为一体，创造了虚幻与现实相结合的优美的艺术境界。

——人民文学出版社《李清照诗词选》

王延梯　胡景西

这首词在写法上非常别致，不是直接抒写，而是从侧面间接着笔。正面描写的虽是牵牛织女的离愁别恨，但用"正人间天上愁浓"一句，就把作者自己摆了进去，使读者感到这离愁别恨是牵牛织女的，也是作者自己的。"甚霎儿晴"三句，采用叠句写法，有鲜明的口语化特色并加强了节奏感，给人留下鲜明深刻的印象。后来辛弃疾在《行香子·三山作》中有"放霎时阴，霎时雨，霎时晴"的句子，显然脱胎于易安。由此，也可见其对后世影响之一斑。

——安徽文艺出版社《唐宋词鉴赏辞典》

邓魁英

这首词的语言是很杰出的。作者善于"以寻常语度入音律"（张端义《贵耳集》卷上），像"甚霎儿晴，霎儿雨，霎儿风"的"甚""霎儿"，便是当时的方言俗语。作者在词中并不避叠句和重字，如上片的"浮槎来，浮槎去"，以句子的重复强调浮槎的来去不失期。下片的"霎儿晴，霎儿雨，霎儿风"以三个"霎儿"突出天气忽晴忽雨的急剧变化。这些重字叠句放置在词中，非但不使人感到絮烦，反而显得语言越发活泼、自然，收到了良好的艺术效果。作者融汇前人的诗意或成语入词，也同样做得很妥当、贴切。如在这首词中成功地援引了杜牧的《七夕》诗，上片直接借用"云阶月地"四字；下片的"经年才见，想离情别恨难穷"，则是融化杜牧的诗意而成。小杜的诗句经李清照一点染便成了"当行本色"的词的语言。李清照主张词"别是一家"，要求作词须"尚故实"，她融化前人诗句的做法，便是这种创作主张的实践。这也充分体现了李清照作为一个女词人的卓越才华。

——齐鲁书社《李清照词鉴赏》

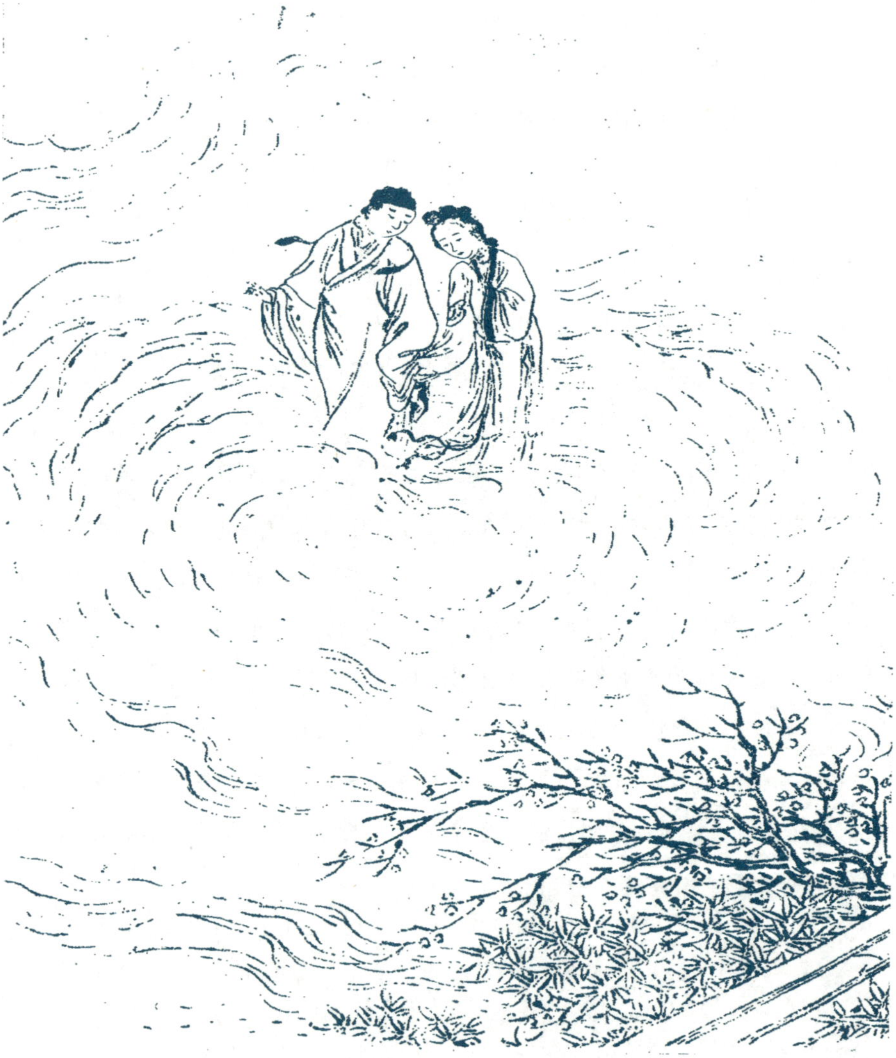

小重山①

【原文】

春到长门春草青②。江梅些子破③,未开匀。碧云笼碾玉成尘④。留晓梦,惊破一瓯春。　　花影压重门。疏帘铺淡月⑤,好黄昏。二年三度负东君⑥。归来也,著意过今春⑦。

注释

❶小重山:又名《柳色新》等,多写春景春情。《词谱》以薛昭蕴用此调所填首句作"春到长门春草青"的宫怨词为正体。李清照此词不仅取用薛词之成句,其立意、题旨均有所借鉴。在以此调写作的词中,写得最好的是岳飞的首句为"昨夜寒蛩不住鸣"的词作。李清照此首的写作背景大致如下:崇宁二年,诏禁元祐党人子弟居京。此后,李清照不得不离开汴京回归原籍。崇宁五年春,诏毁《元祐党人碑》,继而赦天下,解除党人一切之禁,清照得以回京。从离京到回京,恰好历时两年,梅开三度。回到汴京的李清照,株连之苦得以缓解,原想快快活活地过个春天,不料又蒙受了"长门"之怨,其况味恰与五代"花间"词人笔下的宫怨词意相合,所以顺手拈来他人之成句,嵌入己作,借以遣怀。

❷"春到"句:用五代薛昭蕴同调词之成句。长门:汉宫名。武帝陈皇后被废谪后,退居长门宫。后用为失宠后妃居住之地。

❸些子:少许,一点儿。此句与张耒《减字木兰花》"只有江梅些子似"一句相似,恐非偶合,而是李学张的又一实例。

④碧云：此处指青绿色的团茶。玉成尘：意谓茶饼被碾成碎末。

⑤疏帘：雕镂着花纹的帘栊。

⑥东君：本为《楚辞·九歌》篇名，古代以"东君"为日神。这里指美好的春光。

⑦"归来"句：意谓作者本人从原籍归来，并非"招魂"似地呼唤丈夫"快回来呀"！因为赵明诚在此之前已授鸿胪少卿，他有享受荫封的特权，根本没有另放外任之事。李清照《〈金石录〉后序》所谓赵明诚"出仕宦"，是指他从"太学"毕业，出来做官的意思。作为时相的儿子，既无须"负笈远游"，亦不必离京游宦。动不动被迫离京的是李清照，而绝非赵明诚！所以，此句是紧承前句的词人自诉，意谓她已经无可奈何地辜负了三个春天的大好时光，今年这个春天，在手植江梅乍开还未开遍的时候，自己回到了阔别整整两年的汴京及亲人明诚身边，心里多么希望好好地过个春天呀！著意：即着意，用心的意思，犹《楚辞·九辩》"惟著意而得之"。

选评

清·况周颐

荆公《桂枝香》作名世，张东泽用易安"疏帘淡月"语填一阕，即改《桂枝香》为《疏帘淡月》。

——《漱玉词笺》引

侯健　吕智敏

上片写晨起饮茶忆梦，下片却是描绘月夜的迷人景色与词人的缱绻情意。过片处不仅在时间上有一个很大的跳跃幅度，而且在感情的抒写上也有一个很大的跳跃幅度。下片起首并不急于去解开"晓梦惊破"的悬念，却一笔宕开，极写明月初照时重重门墙上映印着斑驳的花影、扇扇帘帷上铺洒着皎洁的月光，以至情不自禁地发出"好黄昏"的赞叹。对春夜月色的赞美跌出了"二年三度负东君"的慨叹，赞春之情引出了惜春之意，词人积郁于心中的强烈渴望与思念霎时化作了直泻的瀑布，喷涌而出，热情地呼唤远行在外的良人"归来也，著意过今春"！一语点破了全词在赞春之中始终隐露着的忧愁怅惘的根由，正是由于良人远出，不能共享明媚的春光，而这一点一经点破，上片的悬念也就迎刃而解，词首的化入薛词也就顿生新辉，跌宕回环的感情流动也就找到了鲜明的线索，全词的意境也便形成了统一和谐的基调。古人云：诗有诗眼。词有词眼。"归来也，著意过今春"一句，就是这首词的词眼，它具有牵一发而动全局的重要作用。

——山西教育出版社《李清照诗词评注》

林家英　庆振轩

一首小词，明白如话，以口头语写眼前景、心中情，只于淡笔素描中，略加点染，将女词人朝暮之间如梦如痴的心绪，浓缩在不到六十个字的短小篇幅之中。在写景、叙事、抒情的水乳交融之中，写得曲尽情致，耐人寻味，有自然隽永之趣，无忸怩卖弄之态，足见李清照在抒情词创作上词心的灵锐及其驾驭语言的功力。……描写黄昏景色"花影压重门，疏帘铺淡月"，用"压"字状映照在重门之上的花影分量，用"铺"字状天边淡月透过疏帘映照内室的清辉，意蕴丰富而美妙，是词史上公认的名句。天上的月，月下的花，本来和人没有直接的联系。只是当它们介入女词人的生活氛围，花影映照重门，疏帘铺洒月色的时候，便和词心灵锐的女词人产生了感情上的交流。

——齐鲁书社《李清照词鉴赏》

漱玉词

满庭芳①

【原文】

　　小阁藏春，闲窗锁昼②。画堂无限深幽③。篆香烧尽④，日影下帘钩。手种江梅渐好，又何必、临水登楼⑤。无人到，寂寥浑似⑥，何逊在扬州⑦。　　从来，知韵胜⑧，难堪雨藉⑨，不耐风揉⑩。更谁家横笛⑪，吹动浓愁。莫恨香消雪减，须信道、扫迹情留⑫。难言处、良宵淡月，疏影尚风流。

注释

❶满庭芳：此调名本于唐吴融《废宅诗》"满庭荒草易黄昏"之句；又宋葛立方之同调词有"要看黄昏庭院，横斜映、霜月朦胧"句，周纯词易调名曰《满庭霜》。《全宋词》所收李清照此词即以《满庭霜》为调名。此首写于崇宁四五年，是时作者二十二三岁，在政治上刚刚得到解脱后，旋遭丈夫之冷遇，于是她不得不回到在娘家居住的"小阁"。此词虽语调平缓，文字从容柔曼，但其语义深层却包含着无限幽怨，酷似为自己写的《长门赋》！

❷闲窗：有护栏的窗子。

❸画堂：装饰华丽的厅堂。

❹篆香：指曲细像篆文的盘香。

❺临水登楼：王粲于湖北当阳"登兹楼以四望"，作《登楼赋》以表达其怀才不遇和思念家国的心情，而此词中的主人公（或云生活中的李清照）是时并

无家国之思，其内心况味与因其貌不扬，加之体弱多病，不为荆州刘表重用而产生桑梓之念的王粲不同，故云"又何必、临水登楼"。

❻"无人"句：这个"人"并非泛指，而是词人专用于对她的丈夫赵明诚的昵称，与"念武陵人远""人何处"里的"人"同义。这里含有埋怨的意思。浑似：完全像。

❼何逊在扬州：此五字虽然出自杜甫《和裴迪登蜀州东亭送客逢早梅相忆见寄诗》的"东阁官梅动诗兴，还如何逊在扬州"之句，但其真意却寓于何逊《咏早梅诗》中："朝洒长门泣，夕驻临邛杯。应知早飘落，故逐上春来。"即词人借以抒发其婕妤之叹。此时的李清照与失宠的陈阿娇和被弃的卓文君，可谓同病相怜。

❽韵胜：优雅。

❾难堪雨藉：难以承受雨打。藉，践踏，欺凌。

❿不耐风揉：《乐府雅词》卷下、《梅苑》卷三、《全宋词》均作"不耐风柔"，"柔"字不通，故改。

⓫横笛：汉横吹曲中有《梅花落》。

⓬扫迹：语见孔稚珪《北山移文》"乍低枝而扫迹"。原意谓扫除干净，不留痕迹。此处系反其意而用之，意谓即使将落梅扫除净尽，不留一点儿痕迹，它的香气仍然存在，正如自己再怎么被冷落，也不忘夫妇旧情。

选评

邱俊鹏

词的下阕即从见梅而动诗兴，过渡到咏梅。先用逆笔，言人只知梅以韵胜，只知赏梅，却不知梅亦禁不住风雨的揉践、侵凌，不知爱梅，更不懂惜梅。从而流露出诗人爱梅、惜梅的一贯思想和感情。正由于这种爱与惜，诗人……从爱梅、惜梅，到安慰梅，而坚信"疏影尚风流"，不仅表现抒情主人公与梅情感交流，而且达到人梅难分的境界了。不是吗？"疏影尚风流"是梅特有的姿质，恐怕也是诗人的写照吧！

——齐鲁书社《李清照词鉴赏》

范英豪

词上片写赏梅之环境和氛围，由当前的小阁、画堂之深幽，写到"篆香烧尽"，所暗示的时间推移。"手种江梅更好"切入主题，但又随即跳开，以典虚写梅花所处的寂寥环境，下片颂梅之孤高坚毅，怜梅之饱经折磨，寄托了词人孤傲自爱，对生活充满信心的精神。结句以素笔描绘了一幅淡淡月光下梅枝之倩影兀自风流的图画，将梅之姿容、品格，词人之情、之思融为一体，寄托高远，梅人无隔。

——黄山书社《李清照诗词选》

多丽①

【原 文】

咏白菊

小楼寒,夜长帘幕低垂。恨萧萧、无情风雨,夜来揉损琼肌。也不似、贵妃醉脸②,也不似、孙寿愁眉③。韩令偷香④,徐娘傅粉⑤,莫将比拟未新奇。细看取、屈平陶令⑥,风韵正相宜。微风起,清芬酝藉,不减酴醿⑦。　　渐秋阑⑧、雪清玉瘦,向人无限依依。似愁凝、汉皋解佩⑨,似泪洒、纨扇题诗⑩。朗月清风⑪,浓烟暗雨,天教憔悴度芳姿。纵爱惜、不知从此,留得几多时。人情好,何须更忆,泽畔东篱⑫。

注 释

❶多丽:又名《绿头鸭》等。唐教坊曲有《绿头鸭》,或即为本调乐曲本源。《全宋词》所收最早的《多丽》系聂冠卿"想人生"一首仄韵(惜、得等入声)词,且此词系由作为翰林学士的作者在名公的宴会上即席所赋。此事尝轰动一时,其对后世的影响可想而知。李清照的这首同调同名词的写作自然也是在这一背景之下。又因这首李词系五支、七齐、八微平韵,看来亦与晁补之《绿头鸭》"新秋近"一词有关,与晁端礼《绿头鸭》"晚云收"一词所用均为五支等

平韵。鉴于晁端礼此词曾为胡仔揄扬,如《苕溪渔隐丛话》曰:"中秋词,自东坡《水调歌头》一出,余词尽废。然其后亦岂无佳词,如晁次膺《绿头鸭》一词,殊清婉。但樽俎间歌喉,以其篇长惮唱,故湮没无闻焉。其词云……"这一评语因出自成书于李清照之后的《苕溪渔隐丛话》,说明她是在不受胡仔上述见解左右的情况下,对前辈的这首好词有所步武的。这一首词的写作时间同《行香子》而稍后,词中除了含有尚未完全化解的"政治"块垒外,又平添了对一个少妇来说更难以承受的"婕妤之悲"。

❷贵妃醉脸:唐李濬《松窗杂录》记载,中书舍人李正封有咏牡丹花诗云:"天香夜染衣,国色朝酣酒。"唐明皇很欣赏这两句诗,笑着对他的爱妃杨玉环说:"妆镜台前,宜饮以一紫金盏酒,则正封之诗见矣。"意谓杨贵妃醉酒以后的脸蛋儿,就像李正封诗中的牡丹花那样娇艳动人。

❸孙寿愁眉:《后汉书·梁冀传》:"妻孙寿……色美而善为妖态,作愁眉、啼妆、堕马髻、折腰步、龋齿笑,以为媚惑。"

❹韩令偷香:韩令,指韩寿。《晋书·贾充传》谓,韩寿本是贾充的属官,美姿容,被贾充女贾午看中,韩逾墙与午私通,午以晋武帝赐充奇香赠韩寿,充发觉后即以女嫁韩。

❺徐娘傅粉:徐娘,指梁元帝的妃子徐昭佩。《南史·元徐妃传》:"妃以帝眇一目,每知帝将至,必为半面妆以俟,帝见则大怒而去。"傅粉,此处当指徐妃"为半面妆"之故实。

❻屈平陶令:平是屈原的名,字原,又自名正则,字灵均。陶令指陶渊明,一名潜,字元亮,曾任彭泽令。

❼酴醾:花名。初夏开花,花白色。

❽秋阑:秋深。

❾汉皋解佩:汉皋,山名,在今湖北襄阳西北。佩:古人衣带上的玉饰。《太平御览》卷八〇三引《列仙传》云:"郑交甫将往楚,道至汉皋台下,见二女,佩两珠,大如荆鸡卵。交甫与之言曰:'欲子之佩。'二女解与之。既行返顾,二女不见,佩亦失矣。"此处指男子有外遇。

❿纨扇题诗:纨扇,细绢制成的团扇。班彪之姑班倢伃(倢伃系宫中女官,

亦作婕妤），有才情，初得汉成帝宠爱，后为赵飞燕所谮，退处东宫。相传曾作《怨歌行》："新裂齐纨素，鲜洁如霜雪。裁为合欢扇，团团似明月。出入君怀袖，动摇微风发。常恐秋节至，凉飙夺炎热。弃捐箧笥中，恩情中道绝。"这种被弃女子的慨叹，称为婕妤之叹，或婕妤之悲。

⑪朗月清风：《世说新语·言语》："刘尹云：'清风朗月，辄思玄度。'"此处以天气晴好比喻朝政清明。

⑫泽畔东篱：指代屈原、陶渊明两位爱菊的诗人。泽畔，语出屈原《渔父》："屈原既放，游于江潭，行吟泽畔，颜色憔悴。"其有涉于菊的诗句有"朝饮木兰之坠露兮，夕餐秋菊之落英"（《离骚》）。东篱，语出陶渊明《饮酒诗》二十首其五："采菊东篱下，悠然见南山。"以上三句字面上是说要是处境好，何必一而再地去回忆屈原、陶潜呢！屈原因为奸邪当道才被流放，陶潜因为不满晋宋之交的黑暗统治才辞官归隐，要是"当今"朝政清明，"我"又何必去回忆屈、陶！然而词人要说的心里话还不止这些，她还要说：要是夫妇间还像新婚时那么甜蜜美好，我何必去填什么咏菊词呢！更何必在词中使用"解佩""纨扇"等与咏菊不相干的有关男遇、女叹之类的典故呢！从表面看此词用事用典过于堆砌，实际很可能是作者故意用一些无关紧要或不相干的故实，来掩盖"泽畔东篱"和"解佩""纨扇"四个涉及内心创伤的重要故实。

选 评

清·况周颐

李易安《多丽·咏白菊》，前段用贵妃、孙寿、韩掾、徐娘、屈平、陶令若干人物，后段雪清玉瘦、汉皋纨扇、朗月清风、浓烟暗雨许多字面，却不嫌堆垛，赖有清气流行耳。"纵爱惜、不知从此，留得几多时"三句最佳，所谓传神阿堵，一笔凌空，通篇具活。歇拍不妨更用"泽畔东篱"字。昔人评《花间》镂金错绣而无痕迹，余于此阕亦云。

——《珠花簃词话》

潘君昭

李清照写这一首词,是因为白菊是高洁的象征。她所钦慕的是爱菊者屈原、陶渊明的高风亮节,并且也借此自抒襟抱,达到咏物见志之目的。……关于本词的艺术手法,是通过上下片内容相对比和首尾相呼应,以写白菊显示出人物的高风亮节,借此透露出作者自身的志向。上片以杨玉环和孙寿等低俗的容止来反衬白菊不同流俗的风采。下片的汉皋仙女和汉宫婕妤乃是从正面来作为白菊的陪衬,"也不似"是从反面说,"似"则是从正面写,而屈原和陶渊明,则是以爱菊者的身份出现,他们的风度韵致也堪与白菊相比拟。另外,全词先从自身感受写起,只恨风雨无情,摧损白菊,末尾仍从自身爱菊收束,深怕芳姿憔悴,做到首尾呼应;末句更进一层,是慰安兼以挽留,意思是说可以不必为苦忆昔人而萎谢化去,此地亦有爱菊之知音。词意至此,拓开意境,以旷达之语道出作者轻视鄙俗,不甘随俗浮沉的志趣;这种首尾相呼应而又在结句开拓词境的写法,使词句显得宛转而多不尽之意。

——齐鲁书社《李清照词鉴赏》

孙崇恩

这首咏白菊词,可能是李清照有了相当的社会阅历,经过曲折的人生道路后居青州时期之作,不似南渡后颠沛流离、国破家亡之悲苦失落心境的反映。词的上阕描写吟咏白菊的高洁姿质。……下阕续写白菊的高洁品质,转而抒发惜菊之情。先寓情于物,赋予白菊以人的品格,赞美白菊在寒秋仍清白如雪,瘦姿如玉……结尾承上文,用"泽畔东篱"突出表现了对屈原、陶渊明的仰慕之情。全词委婉雅致,含意深远,化用许多典故而不嫌堆垛,通篇不着一个"菊"字,而以白菊隐喻自咏,表现了女词人憎恶鄙俗,追求高洁人格的情怀,以及在咏物词中卓尔不群,创意出奇的艺术追求。

——人民文学出版社《李清照诗词选》

漱玉词

新荷叶①

【原 文】

薄露初零,长宵共、永昼分停②。绕水楼台,高耸万丈蓬瀛③。芝兰为寿,相辉映、簪笏盈庭④。花柔玉净,捧觞别有娉婷⑤。

鹤瘦松青⑥,精神与、秋月争明。德行文章。素驰日下声名⑦。东山高蹈⑧,虽卿相、不足为荣。安石须起,要苏天下苍生⑨。

注 释

❶新荷叶:又名《泛兰舟》《折新荷引》等。黄裳《演山先生文集》有《新荷叶·雨中泛湖》一词,其中有"一顷新荷"句,系赋调名本意,且被《词谱》列为正体。上下片各八句四平韵。李清照此词之句数、用韵悉同黄词。此首录自孔凡礼《全宋词补辑》,原见于《诗渊》。大观元年(1107)冬季前后,李清照偕赵明诚屏居青州。大观二年恰是晁补之闲居金乡的第六个年头。是年晁氏重修了他在金乡隐居的松菊堂。青州、金乡同属今山东,二地相隔不远。晁补之与李格非素有通家之谊,更是清照文学上的忘年交和"说项"者,在晁氏五十六岁生日时,清照或前往祝寿,从而写了这首词。

❷长宵:谓节气正是秋分。分停:平分。

❸"绕水"二句:以海上神山喻晁家新修葺的亭台楼阁。

❹"芝兰"三句:寿诞祝词。芝兰:香草。喻指佳子侄。《晋书·谢玄传》:"譬如芝兰玉树,欲使其生于庭阶耳。"簪笏:官吏所用的冠簪和手板。这里意

谓有许多官吏前来祝寿。

❺娉婷（pīngtíng）：此指美女。

❻鹤瘦松青：鹤寿长谓之仙鹤，松柏常年青翠，故合用为祝寿之词。

❼日下：指京都。详见《晋书·陆云传》。

❽东山高蹈：以隐居会稽东山的晋人谢安比喻晁补之。

❾"安石须起"二句：谢安，字安石。隐居后屡诏不仕，时人因言："安石不肯出，将如苍生何！"（见《世说新语·排调》）苍生：指百姓。此处作者借"时人"希望谢安"东山再起"，比喻自己期盼晁补之复出做官。此首为寿词，当无大错。至于把寿星说成是晁补之，除了词之下片的"德行"等句很符合晁氏的为人和行实外，从笔者推定的时间、地点看，此时此地很难有第二位寿星值得清照如此景仰。当然如果此词不是写于词人屏居青州期间，而是在杭州为别的寿星所作，亦不无可能。

选 评

徐培均

敦儒生日为正月十四。《樵歌》载《如梦令》云："生日近元宵，占早烧灯欢会。"又《洞仙歌》云："今年生日，庆一百省岁，喜趁烧灯作欢会。"又有《鹧鸪天·正月十四日夜》云："来宵虽道十分满，未必胜如此夜明。"皆可证。而此词起二句则指生日在秋分时刻，显然不合……考《苏诗总案》卷三十五，苏轼于元祐七年三月十六日知扬州，时晁补之为州倅，轼有《次韵晁无咎学士相迎》诗。七月七日与晁端彦、补之游大明寺品泉。八月五日与晁补之、昙秀山光寺送客，不久以兵部尚书召还，至九月初离任。则八月中旬"秋分"之际，苏轼定能参与晁补之生日家宴，其贺诗"要与郎君语夜深"，即词"薄露初零"时刻。而"樽酒朋簪"，亦与词中"簪笏盈庭"相合。由是可知，清照此词虽晚于苏诗十七年，而所咏内容与时令颇相近，故可定为上晁补之寿词。

——《关于李清照两首词的笺证》

王英志

　　上片描写祝寿之日的场景，喜庆而典雅，写喜庆分三个层次。开篇先点出诞辰日时届秋分。再描写祝寿地点高雅超尘，如世外桃源，暗合寿主"高蹈"身份。后写祝寿人员，有玉树芝兰的佳子弟，有官场的知交，还有娉婷的侍女，可谓济济一堂。此实际上是间接称颂寿主的地位声望非同一般。下片则直接赞扬寿主。一是赞其外貌"鹤瘦松青"，仙风道骨，亦与其当时隐居身份相关；二是赞其"精神"英爽不群；三是赞美其"德行文章"出众，美名令誉，素驰京城。而以上赞扬只是铺垫，旨在推出最后几句，即把晁与东晋谢安相比，这十分贴切。先是称其"东山高蹈"，虽卿相不值一顾，似予肯定。但此乃虚晃一枪，重要的是后两句。当时政治局势已有改变，元祐党人被大赦而渐次复起。因此为挽救"苍生"计，晁补之亦应似谢安"东山再起"。这样写则此词不再是一篇应景寿词，而是具有深意的作品了。其中也反映了女词人的济世之心，甚是可贵。

——凤凰出版社《李清照集》

徐北文

　　此词是一首为人祝寿之作，盖写于南渡之后。……从作者对寿人的诚恳愿望，可以看出她对国家的前途和人民的命运的深切关心。这是很可宝贵的，爱国爱民的思想在闪闪发光。此词用"鹤瘦""东山""安石"等典故，使词含蓄蕴藉。上片不直接写寿人，作者泼墨渲染环境、祝寿人、侍女的不同凡俗，在于突显寿人的名望身价之高。乃用烘云托月之法。

——济南出版社《李清照全集评注》

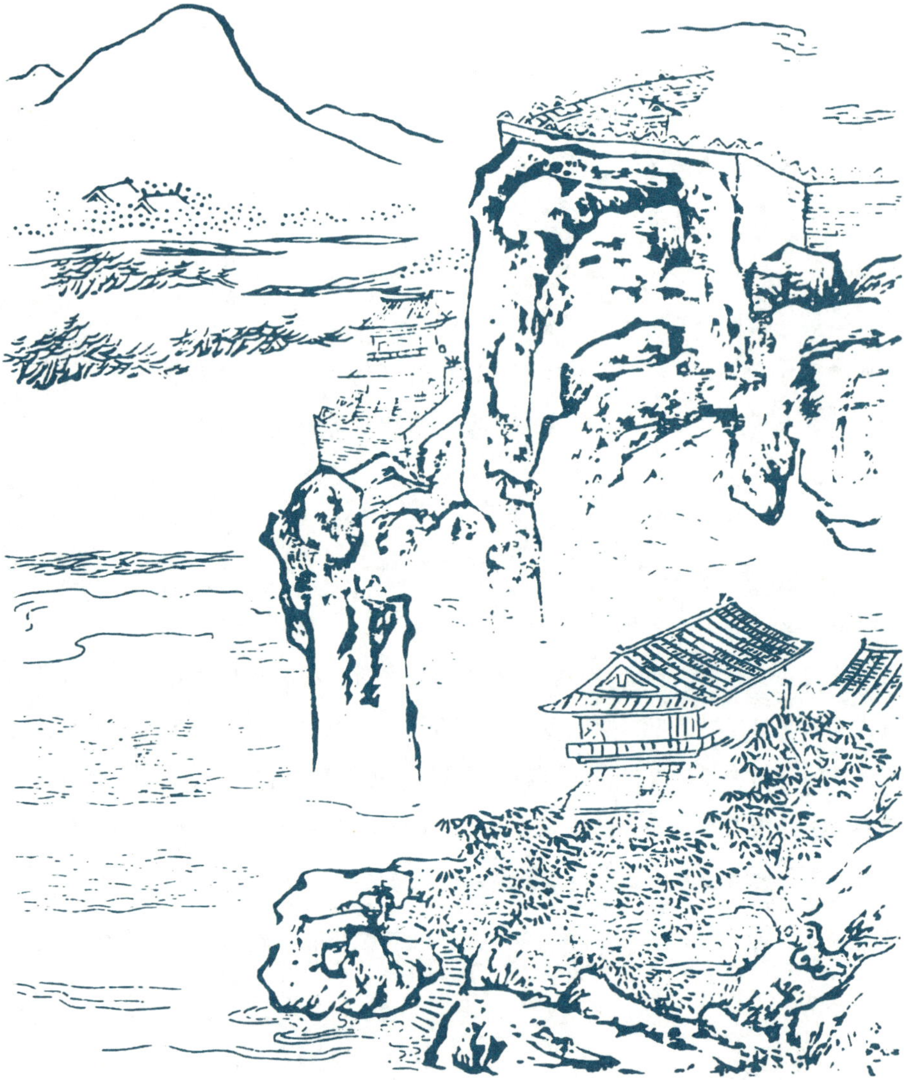

念奴娇①

【原 文】

春情

萧条庭院，又斜风细雨，重门须闭②。宠柳娇花寒食近，种种恼人天气。险韵诗成，扶头酒醒③，别是闲滋味④。征鸿过尽，万千心事难寄。　　楼上几日春寒，帘垂四面，玉阑干慵倚⑤。被冷香消新梦觉⑥，不许愁人不起。清露晨流，新桐初引⑦，多少游春意。日高烟敛，更看今日晴未⑧。

注 释

❶念奴娇：唐天宝年间，有一歌伎名念奴，她不仅姿容出众，歌声亦高亢无比，极为当时所重，或以其名为词调。此调两宋时，即被广泛传唱。有人统计，《全宋词》诸词中此调使用频率达四百八十余次。其中苏轼所填首句作"大江东去"一首最为著名，故此调又名《大江东去》《大江词》《赤壁词》《酹江月》等，均与苏轼词有关。又因此调全首整一百字，宋人因易名为《百字令》。此调另有《壶中天慢》《千秋岁》等常用名。学界目前对于《漱玉词》的系年虽然多有南辕北辙之误，但对此词写作背景的理解大都比较靠谱。也就是说其作于赵家人已经离开青州而词人独居之时。赵明诚在青州常出游在外，不仅"五岳

之尊"的泰山留有他的足迹和手泽，灵岩寺、仰天山更是一游再游，况且每次出游，亲朋好友成群结队，游乐忘返。往日大家庭熙熙攘攘的庭院，如今变得冷冷清清，毫无生气，女词人独自留在这里，怎能不更感寂寞和伤心！设身处地地想想看，此时她岂不沦为赵家的多余之人，心里该是一种什么滋味？

❷ "又斜风"二句：张志和《渔歌子》："青箬笠，绿蓑衣，斜风细雨不须归。"这里反用其意。重门：大户人家严于提防所设一道又一道门户，也指房屋分成几个前后庭院，每个庭院称为"一进"，每"一进"，都有前后两道门户。

❸ 险韵诗：以生僻而又难押之字为韵脚的诗。时人觉其险峻而又能化生僻为平妥，并无凑韵之弊。扶头酒：一说指醒酒、提神的发酵低度酒。

❹ 闲滋味：一种空虚无聊的感觉。闲，空虚。

❺ 玉阑干：栏杆的美称。

❻ 新梦觉：刚刚从梦中醒来。

❼ "清露"二句：此系引用《世说新语·赏誉》的成句，其表层语义是：外边有晶莹的露滴和新生的桐芽，表明春光尚未完全消逝，它们还有使人外出游赏的吸引力。而其深层语义当是：词人多么希望丈夫就像当年一样，与她比肩同游、月夜赏花。

❽ "日高"二句：意谓词人多么希望就像天气由阴转晴一样，丈夫对她也能由薄情转而为多情。烟敛：烟收、烟散的意思。烟，这里指像烟一样弥漫空中的云气。晴未：天气晴了没有？未，同"否"，表示疑问。

选 评

宋·黄昇

前辈尝称易安"绿肥红瘦"为佳句，余谓此篇"宠柳娇花"之语，亦甚奇俊，前此未有能道之者。

——《花庵词选》

明·沈际飞

真声也。不效颦于汉魏,不学步于盛唐,应情而发,能通于人。

——《草堂诗余正集》

明·杨慎

李清照有"清露晨流,新桐初引"之句,用《世说》入妙。

——《词品》

明·王世贞

"宠柳娇花",新丽之甚。

——《弇州山人词评》

明·李攀龙

上是心事,难以言传;下是新梦,可以意合。

——《草堂诗余隽》

清·陈廷焯

"宠柳娇花"之句,黄叔旸叹为前此未有能道之者。此语殊病纤巧,黄氏赏之亦谬。宋人论词,且多左道,何怪后世纷纷哉?

——《白雨斋词话》

清·毛先舒

李易安《春情》:"清露晨流,新桐初引。"用《世说》全句,浑妙。尝论:词贵开宕,不欲沾滞,忽悲忽喜,乍远乍近,斯为妙耳。如游乐词微须着愁思,方不痴肥;李《春情》词本闺怨,结云"多少游春意","更看今日晴未",忽尔拓开,不但不为题束,并不为本意所苦,直如行云,舒卷自如,人不觉耳。

——《词辩坻》

清·沈雄

李易安"被冷香消清梦觉,不许愁人不起",又"于今憔悴,风鬟霜鬓,怕见夜间出去",杨用修以其寻常言语,度入音律,殊为自然。

——《古今词话·词品》

清·黄苏

只写心绪落漠,遇寒食更难遣耳,陡然而起,便尔深邃;至前阕云"重门须闭",次阕云"不许""不起",一开一合,情各戛戛生新。起处雨,结句晴,局法浑成。

——《蓼园词选》

唐圭璋

此首写心绪之落寞,语浅情深。"萧条"两句,言风雨闭门;"宠柳"两句,言天气恼人,四句以景起。"险韵"两句,言诗酒消遣;"征鸿"两句,言心事难寄,四句以情承。换头,写楼高寒重,玉阑懒倚。"被冷"两句,言懒起而不得不起。"不许"一句,颇婉妙。"清露"两句,用《世说》,点明外界春色,抒欲图自遣之意。末两句宕开,语似兴会,意仍伤极。盖春意虽盛,无如人心悲伤,欲游终懒,天不晴自不能游,实则即晴亦未必果游……

——人民文学出版社《唐宋词简释》

徐北文

该词上片开头两句写景,融情入景,使景语亦为情语。"萧条庭院",反映女主人心绪的落寞。"重门须闭",反映女主人孤怀凄怯。"种种恼人天气",反映女主人心情悒郁烦闷。景含愁情。次两句写情,又不直说,用人物行动情态来暗示。"险韵诗成",为什么写?没有说。"扶头酒醒",为什么喝?也没有告诉我们。写诗饮酒消磨时光,诗成酒醒,却依然坐卧不宁,闲得难堪。什么原因,含而不露。"闲",暗隐何意?仔细寻绎,端倪可测。易安写离情的《一剪梅》词云:"一种相思,两处闲愁,此情无处可消除。"写别绪的《凤凰台上忆吹箫》词云："生怕闲愁暗恨，多少事，欲说还休。"其中的"闲愁"，实指离愁，那么"闲滋味"，即是相思之苦了。"征鸿""难寄"，透露出作者写的是离情别绪。但仍不着"离""愁"两字；多么含蓄蕴藉。下片，人物的行为，心绪："玉阑干慵倚""不许愁人不起""多少游春意""试看天气晴未"，都是离愁别苦所致。作者仅仅点出"愁"来，仍不提"离"字。幽隐隽永。

——济南出版社《李清照全集评注》

凤凰台上忆吹箫①

【原 文】

香冷金猊②,被翻红浪③,起来慵自梳头。任宝奁尘满④,日上帘钩。生怕离怀别苦⑤,多少事、欲说还休。新来瘦,非干病酒,不是悲秋⑥。　　休休。这回去也,千万遍《阳关》⑦,也则难留。念武陵人远⑧,烟锁秦楼⑨。惟有楼前流水,应念我、终日凝眸。凝眸处,从今又添,一段新愁。

【注 释】

①凤凰台上忆吹箫:又名《忆吹箫》《忆吹箫慢》。此调始见于晁补之《晁氏琴趣外篇》题作《自金乡之济,至羊山迎次膺》一词,其事则本于《列仙传》:"萧史者,秦穆公时人也,善吹箫,能致孔雀、白鹤于庭。穆公有女,字弄玉,好之,公遂以女妻焉。日教弄玉作凤鸣。居数年,吹似凤声,凤凰来止其屋。公为作凤台,夫妇止其上,不下数年,一旦皆随凤凰飞去。故秦人为作凤女祠于雍宫中,时有箫声而已。"但反意取用《列仙传》萧史、弄玉典事,且将伉俪睽违之意引入此调,则当始于李清照此词。词写于她与丈夫"屏居乡里十年"结束,赵明诚重返仕途之时。其旨当如李攀龙所云"写其一腔忆别心神"(《草堂诗余隽》),也就是写作者在丈夫远行前夕难以为别的心情和对别后孤寂情状的拟想,以及对丈夫"天台""崔护"之遇的担心!《漱玉词》中,旨涉伉俪睽违的至少占三分之一,但作者如此明显地作为送行人出现,这是唯

一的一首。原因是以往不是词人在送丈夫"负笈远游",而是自己受新旧党争牵连,皇帝下令禁止元祐党人子弟留居京城,她是被迫与娘家人由汴京回归原籍的。所以在阔别汴京时,她总是被送者。这一次她作为送行者,与丈夫分手的地点不是在汴京,而是在赵明诚的故居青州府。

❷金猊(ní):狮形金属香炉。陆容《菽园杂记》卷二:"金猊,其形似狮,性好火烟,故立于香炉盖上。"

❸被翻红浪:此句见于柳永《凤栖梧》词的"鸳鸯绣被翻红浪"。

❹宝奁:镜匣的美称。

❺生怕:最怕。

❻"新来瘦"三句:曾被清初著名词人纳兰性德易字踵意加以隐括为:"近来情绪,非关病酒,如何拥鼻长如醉。"(《忆桃源慢》)

❼《阳关》:王维《送元二使安西诗》云:"渭城朝雨浥轻尘,客舍青青柳色新。劝君更尽一杯酒,西出阳关无故人。"后以为送别曲。

❽武陵人:陶潜《桃花源记》有关于晋太元中武陵郡渔人入桃花源的记载。所以桃花源又称武陵源。武陵因与桃花有关,又涉及另一传说,即刘义庆《幽明录》所载汉刘晨、阮肇入天台山采药遇仙女事。仙女住在河之源头的桃林中,这片桃林相传又在今浙江东部一带的天台山上,所以刘、阮与仙女相会事,又称"天台之遇"。又因武陵和天台均与桃花有关,而桃花在古典诗词中又用以代表美女,所以"武陵人"在此暗指赵明诚,而"念武陵人远",即词人担心明诚有"天台""崔护"(孟棨《本事诗·情感》)之遇。

❾秦楼:指秦穆公女弄玉与恋人萧史所居之楼(详见《列仙传》)。此处借喻清照、明诚之青州居所。

选评

明·茅暎

出自然,无一字不佳。

——《词的》

明·沈际飞

懒说出,妙;瘦为甚的,尤妙。……"千万遍",痛甚。转转折折,怵合万状。清风朗月,陡化为楚雨巫云;阿阁洞房,立变成离亭别墅,至文也。

——《草堂诗余正集》

明·杨慎

"欲说还休"与"怕伤郎、又还休道"同意。

——评点《草堂诗余》

明·李廷机

宛转见离情别意,思致巧成。

——《草堂诗余评林》

明·李攀龙

非病酒,不悲秋,都为苦别瘦,水无情于人,人却有情于水。……写其一腔忆别心神,而新瘦新愁,真如秦女楼头,声声有和鸣之奏。

——《草堂诗余隽》

刘乃昌

如《凤凰台上忆吹箫》写离情别苦,先说"新来瘦,非干病酒,不是悲秋",避去正面回答,巧用旁笔,作半吞半吐的迂回形容,使文势回荡多姿。故陈廷焯赞云:"'新来瘦'三语,婉转曲折,煞是妙绝。"(《云韶集》卷十)本篇上片写晨起懒得整被梳头,心事欲说又休,容颜日渐消瘦等等,都是日常生活的实写。"念武陵人远"以下改用虚笔,刻绘内心的痴情遐想,愈显出别情的深挚浑厚。

——《说〈漱玉词〉的阴柔美》

艾治平

本来是自己在怀念远去的丈夫，作者偏不肯明白地说出来，反倒说楼前的流水是有情的：因为这流水了解她，深知她的心事。"应念我终日凝眸"的"念"字表示出：水与人有着亲密的感情和联系。正是这楼前的流水呵，可作她凝眸望远、朝夕怀念丈夫的见证！……远行人既没有归来，"终日凝眸"的结果仍然是失望的，所以自今而后，便又要增加"一段新愁"了。这首词表述感情绵密细致，像一湾溪水，从心灵的幽谷中慢慢地流出。音调低而婉，音色哀而怨，写离情宛转曲折，用语却清新流畅，把词中女主人公的内心感受，刻画得十分细腻，看来她是很难从"离怀别苦""欲说还休"的境遇中挣扎出来的了。

——北京出版社《宋词的花朵——宋词名篇赏析》

王延梯　聂在富

情真意切是这首词艺术上取得成功的基础。词人现身说法，直抒实感，故词中妙语实为感情的自然流露、浑然天成，是"天真之词"，非"人工之词"。以离别为苦本是人之常情，而李清照夫妻恩爱至深，又多次分离，这就使她对离别之苦有更深的体会。写这首词时词人已识尽了离愁的滋味，她不是"为赋新诗强说愁"。凭过去的经验，她想象得出空闺独守的寂苦，以致使她以"惜别"到"生怕"离别。过去分别虽然也愁，但她往往是不甘寂寞，或泛舟以遣愁，或借酒以浇愁，而今却是事不想做，话不愿说，只是沉默不语。感情沉静得多了，也复杂得多了，作品也就格外含蓄曲折。

——四川文艺出版社《百家唐宋词新话》

漱玉词

点绛唇^①

【原 文】

闺思

寂寞深闺，柔肠一寸愁千缕。惜春春去，几点催花雨。　　倚遍阑干，只是无情绪。人何处^②，连天芳草，望断归来路^③。

注 释

❶点绛唇：此首与《念奴娇》立意同，写作地点在青州的可能性较大，甚至可以说，此词的写作背景只能在明诚离开青州以后。写作时间大致在清明过后的时节。

❷人何处：所思念的人在哪里呢？"人"与"念武陵人远"的"人"、"无人到"的"人"同义，皆喻指赵明诚。

❸"连天"二句：化用《楚辞·招隐士》"王孙游兮不归，春草生兮萋萋"之句意，以表达亟待明诚归来之望。此亦可谓对《招隐士》"王孙"句的反意隐括，因为此时的赵明诚已隐而复仕，早已成为走"远"了的"武陵人"。此时清照的心情似"悔教夫婿觅封侯"（王昌龄《闺怨诗》）的唐时"少妇"，她们所发出的都是对爱情的呼唤，但她比那位"不知愁"的"少妇"的心情要复杂、难受得多，她望眼欲穿所等待的"武陵人"会不会越走越"远"呢？越是担心，越是盼望，以至于"望断归来路"……

选 评

明·黄河清

　　夫词体纤弱,壮夫不为。独惜篇什寂寥,彼歌《金缕》、唱《柳枝》者,其声宛转易穷耳。所刻《续集》中如李后主之"秋闺",李易安之"闺思",晏叔原之"春景",萧竹屋之"纪梦""怀旧",周美成之"春情"……以此数阕,授一小青娥,拨银筝,倚绿窗,作曼声,则绕梁遏云,亦足令多情人魂销也。

——《草堂诗余续集·序》

清·陈廷焯

　　情词并胜,神韵悠然。

——《云韶集》

曹济平

　　这里词人以点滴春雨来比喻千缕愁思,不仅使画面和谐统一,而且把抽象的愁思化为具体的可感形象,同样富有情景交融的艺术感染力量。下片承上由景及人,进一步抒写离别的愁苦和盼归的心境。"倚遍栏干,只是无情绪。"女主人公从幽居的闺房里步出户外,依靠着高高的栏干在痴望。然而始终不见情人归来,因而不能放下重重的心事,也提不起情绪来,只是增添无限的烦恼与惆怅。这里词人用细致的笔墨刻划女主人公焦虑不安的愁绪,而着一"遍"字,更加生动地表现了她那种急盼归来的微妙的心理状态。……这首小词结构简当,条理清楚。上片是由情及景,在抒情中写景;下片是在写景中抒情,全篇情景融为一体。词人从闺房转到户外,由深闺相思写到凭栏远眺,紧扣住离别相思。起写深闺寂寞之愁,结写切盼归来之情,前后照应,一气贯注。而手法白描,不用典故,不假藻饰,充分体现了她词作明白如话、语浅情深的艺术特色。

——齐鲁书社《李清照词鉴赏》

侯健　吕智敏

　　全词由写寂寞之愁，到写伤春之愁，到写伤别之愁，到写盼归之愁，全面地，层层深入地表现了女子心中愁情沉淀积累的过程。到煞尾处，感情已积聚达到最高峰，全词也随之达到了高潮。《云韶集》盛赞此作"情词并胜，神韵悠然"，实非过誉之词。

　　　　　　　　　　——上海辞书出版社《唐宋词鉴赏辞典（唐·五代·北宋）》

蝶恋花①

【原文】

  暖雨晴风初破冻，柳眼梅腮，已觉春心动②。酒意诗情谁与共，泪融残粉花钿重。　乍试夹衫金缕缝③，山枕斜攲④，枕损钗头凤⑤。独抱浓愁无好梦，夜阑犹剪灯花弄⑥。

注 释

❶蝶恋花：虽然《全宋词》将生于990年的张先排在晚生一年的晏殊之前无可厚非，但晏殊比张先早逝23年，实际晏殊的创作活动总体上略早于张先。以《蝶恋花》的写作为例，此调本名《鹊踏枝》，又名《凤栖梧》，始见于五代冯延巳首句作"六曲阑干偎碧树""几度凤楼同饮宴"等，且皆为杂言体。入宋，由晏殊将这一杂言体调名改为《蝶恋花》，其名本于梁简文帝萧纲《东飞伯劳歌》的"翻阶蛱蝶恋花情"诗句。

❷春心：这里是指被春景触动的心情，而不是指少女怀春的心情。

❸"乍试"句：此句颇含深意，词人的衣物与其身世类似，极不寻常，有时被典当换钱购置书画，有时能勾起对故人的思念（这是后话）。这件"夹衫"当系明诚"走远了"以后，词人新近缝制的春装，此处这么着意地提到它，明诚会不会因此联想到以往他与妻子相亲相爱的情分？

❹山枕：两头隆起如山形的凹枕；一说指高枕。攲：亦作"欹"，通"倚"，靠着。

❺钗头凤：古代妇女的一种头饰，钗头作凤凰形。马缟《中华古今注》卷中："始皇又（以）金银作凤头，以玳瑁为脚，号曰凤钗。"

❻夜阑：夜深。灯花：灯芯余烬结成的花形。相传出现灯花为喜事的预兆。在此作者显然把丈夫的归来作为天大的喜事。此词之结拍被称为"入神之句"（《皱水轩词筌》）。

选 评

清·贺裳

写景之工者，如尹鹗"尽日醉寻春，归来月满身"，李重光"酒恶时拈花蕊嗅"，李易安"独抱浓愁无好梦，夜阑犹剪灯花弄"，刘潜夫"贪与萧郎眉语，不知舞错伊州"，皆入神之句。

——《皱水轩词筌》

平慧善

本词大约是靖康之乱前赵明诚两次出仕，李清照家居时所作。上片三句写大地回春的初春景色，轻松欢快，为反衬离情作铺垫。第四句一转，直抒离情，末句以伤心泪淋，精神不支的形态，形容离别的痛苦。下片首句与上片开头呼应，初试春装似欣喜，可结果却以不卸梳妆、放浪形态的慵懒动作，表现忧伤之情。结拍两句写独处难眠，痴弄灯花。俗传灯心结花，喜事临门，词人通过这一情态描写，含蓄地表现盼望亲人归来的心情。看似清闲，寄情深沉。本词将无形的内在感情，通过有形的形态动作来表现，为词中名笔。

——巴蜀书社《李清照诗文词选译》

陈祖美

清代著名词评家陈廷焯说："宋闺秀词自以易安为冠。"（《白雨斋词话》卷六）但又说："葛长庚（道士）词脱尽方外气，李易安词却未能脱尽闺阁气。"（同上）如果这是一种微辞，那末，这首《蝶恋花》恰好证明这一隐约的批评是说中了的。这首词确实使人感到闺阁气太重,诸如"泪融残粉花钿重""乍试夹衫金缕缝,山枕斜欹,枕损钗头凤"。这当然是与李清照的身世与生活有关的。但话又说回来,要一个封建时代的妇女填词脱掉闺阁气而且要"脱尽",岂不是也太难了一些?

——上海辞书出版社《唐宋词鉴赏辞典(唐·五代·北宋)》

蝶恋花①

【原文】

　　泪湿罗衣脂粉满，四叠《阳关》，唱到千千遍②。人道山长山又断，萧萧微雨闻孤馆③。　　惜别伤离方寸乱④，忘了临行，酒盏深和浅。好把音书凭过雁⑤，东莱不似蓬莱远⑥。

【注释】

❶蝶恋花：此首系宣和三年（1121）八月，作者赴莱州，途经昌乐，于驿馆中所作。一本题作《晚止昌乐馆寄姊妹》。以往关于李清照的研究均分其生平和词作的时空归属为前后二期，并谓在其前期生活美满，婚姻幸福，"诸书皆曰与夫同志，故相亲相爱之极"（明郎瑛《七修类稿》卷一七）。这是一种有代表性的看法，但这一看法却不完全符合事实。依照二期说，此首无疑系前期作品，此时作者只有三十八岁，离"靖康之变"还有五年多，离丈夫逝世整整八年，词中所写内容并非伉俪睽违，而是夫妻即将相见，且是自己主动前往，按说其情绪举止应该是"载欣载奔"，但词的基调为什么如此悲苦，诚可谓哀感顽艳，凄入肝脾。对这一未解之谜，或许在以下注释中可以找到某种答案。

❷"四叠《阳关》"二句：《阳关》指王维《送元二使安西诗》，此诗和乐后成为送别名曲，反复演唱谓之《阳关三叠》。此言四叠，意谓唱了无数次的送别曲。

❸"人道"二句：青州到莱州的实际距离谈不上那么遥远，此处当是喻指

"心理"距离：她早已被丈夫疏远，眼下又离别了姊妹（词人没有同胞姊妹，此指其在青州的女伴），孤馆闻雨，凄苦无似之谓也。

❹方寸乱：《三国志·诸葛亮传》（徐庶）云："今已失老母，方寸乱矣。"方寸，指心。此句意谓词人身在离筵，心里却想着自己将面临前不着村后不着店的难堪境地，心里装着这样的难言之隐，其"方寸"如何不乱？

❺凭：请求、托付的意思。

❻东莱：即莱州（今属山东），时明诚知莱州。蓬莱：字面上虽指传说中的东海三神山之一（详见《史记·封禅书》或《汉书·郊祀志》），但在此词中当另有寓意，所以结拍二句字面上意谓：姐妹们别忘了给我写信，莱州不像蓬莱那么遥远。但其深层语义则当是："我"会很珍重姐妹们的雁书，绝不会像你们那个作为"武陵人"的姐（妹）夫那样，"我"给他写了那么多信竟如石沉大海！故这里的"蓬莱"当与《凤凰台上忆吹箫》中的"武陵"同义。不管把"他"叫作"武陵人"还是"蓬莱客"，词人所担心的都是丈夫可能与刘、阮或崔护为伍，从而更加疏离自己。

选评

黄墨谷

《蝶恋花》（泪湿罗衣脂粉满）是一首开阖纵横的小令，王维的"劝君更尽一杯酒，西出阳关无故人"，到了她的笔下变成"四叠阳关，唱到千千遍"的激情，极夸张，却极亲切真挚。通首写惜别心情是一层比一层深入，但煞拍"好把音书凭过雁，东莱不似蓬莱远"，出人意外地而作宽解语，能放能淡。所谓善言情者不尽情。令词能够运用这种变化莫测的笔法是很不容易的。

——中华书局《重辑李清照集》

龚克昌

这首词布局极具匠心。词上下片前三句都是追忆与姊妹离别时的情景——重点表现作者个人；上下片后两句都是写作者在旅途孤馆中的心情。但两者又有区别，上片前三句作者主在自绘外表，下片前三句作者意在表露自己内心。上片后两句肆笔于哀思，下片后两句寄意于希望。从而使整首词前后之间或相呼应，或相对照，波涛迭起，而秩序井然，令人耳目一新。且词的开头突然破笔，震慑人心；收篇写意深远，余味深厚。可见清照妙笔之一斑。

——齐鲁书社《李清照词鉴赏》

声声慢①

【原文】

寻寻觅觅，冷冷清清，凄凄惨惨戚戚②。乍暖还寒时候③，最难将息④。三杯两盏淡酒，怎敌他、晓来风急⑤。雁过也，正伤心，却是旧时相识⑥。　　满地黄花堆积。憔悴损，如今有谁堪摘⑦。守着窗儿，独自怎生得黑⑧。梧桐更兼细雨，到黄昏、点点滴滴。这次第⑨，怎一个、愁字了得⑩。

注释

❶声声慢：此调虽然有《胜胜慢》《人在楼上》等诸多别名，而与李清照此作直接相关的是这一调式的又一别名《凤求凰》。这显然又与贺铸"殷勤彩凤求凰"句有关，而贺词又用的是司马相如"琴挑"卓文君事。看来，李清照此词的曲折所尽之意，当是要把自己的内心苦衷，歌给当初梦寐以求欲作"词女之夫"的赵明诚听！一首词的选调，与其立意往往密切相关。立意，也就是题旨，它又是作者的词学观念的直接体现。李清照主张词"别是一家"，在她看来，词并非像诗文那样直接关注江山社稷而擅写儿女情长。所以此首顺理成章地应是与"凤求凰"有关的本意词。这样关于此词的写作时间，就不是以往人们所说的作于晚年，而应是作于词人在青、莱时期的中年。李清照的这首《声声慢》，除了在用韵上有别于晁补之《琴趣外篇》的同调平韵体以外，还曾有这样一个掌故：庚申（南宋理宗景定元年）八月，太子请两殿幸本宫清霁亭赏芙蓉、木

檟。韶部头陈盼儿捧牙板，歌"寻寻觅"一句，上曰："愁闷之词，非所宜听。"顾太子曰："可令陈藏一撰一即景快活《声声慢》。"（宋陈世崇《随隐漫录》卷二）这里尚需赘言的是：曾被专事寻欢作乐的宫廷认为"非所宜听"的这首"愁闷之词"，在今天看来，它是同调词中最为出色的一首。

❷"寻寻觅觅"三句：起拍连用十四叠字，既使词家倾倒，亦为历代论词者称道，并公认为这在形式技巧上是奇笔，张端义谓之"公孙大娘舞剑手"（《贵耳集》卷上），周济认为这"是锻炼出来，非偶然拈得也"（《宋四家词选目录序论》），有的更认为"而气机流动，前无古人，后无来者，可为词家叠字之法"（《问花楼词话·叠字》）。此十四叠字，既是李清照的独创，亦有对韩偓《丙寅二月二十二日抚州如归馆雨中有怀诸朝客诗》中"凄凄恻恻又微嚬"等句的一定取意和隐括。

❸乍暖还寒：似脱胎于张先《青门引》"乍暖还轻冷"之句，谓天气忽冷忽暖。

❹将息：保养休息。

❺晓来：今本或作"晚来"，疑误。造成这一错误的缘由当是受到不够可靠版本的影响所致。始作俑者恐怕是在明代被推为"著述第一"的杨慎，他在尚未看到《漱玉词》的情况下，不知从哪里抄录了这首《声声慢》，其《词品》卷二引述此词时，第七句便作"怎敌他、晚来风急"。在这类版本的影响下，人们便以为此词是写作者"黄昏"时一段时间的感受。因"晓"字与下句的"黄昏"相抵牾，即便是《词综》及其前后的十几种版本皆作"晓来风急"，亦未引起应有注意，以致今人的版本和论著，除俞平伯、唐圭璋、吴小如、刘乃昌等很少数几家外，多作"晚来风急"。这里特别值得一提的是梁令娴《艺蘅馆词选》，此句不仅作"晓来风急"，并附有其父梁启超这样一段眉批："这词是写从早至晚一天的实感，那种茕独凄惶的景况，非本人不能领略。所以，一字一泪，都是咬着牙根咽下。"这几句话，对词旨阐释得深入浅出尚且不说，更要紧的是其走出了此词流传中的一大误区。"从早至晚"，也就是词中的"晓来"到"黄昏"云云。只有版本可靠，才能正确地解读原作。对这首《声声慢》来说，其第七句只有作"晓来风急"时，才有可能发现此句当系取意于《诗·终风》篇

的"终风且暴"句。《终风》篇的题旨有二说,一是《毛诗序》谓:"《终风》,卫庄姜伤己也。遭州吁之暴,见侮慢而不能正也。"二是《诗集传》云:"庄公之为人,狂荡暴疾,庄姜盖不忍斥言之,故但以'终风且暴'为比。"今天看此二说均有牵强之处,且第二种说法李清照恐怕无缘看到。但对第一种说法,她当与多数古人一样,应是深信不疑的。况且她能够读到的尚有《左传·隐公三年》的这类说法:卫庄公娶于齐东宫得臣之妹,曰庄姜,美而无子,卫人所为赋《硕人》。又《毛诗序》谓,庄公宠幸其妾,冷遇庄姜,故庄姜无子,国人闵之,为作此诗。不要说李清照,在她之后近千年的朱自清也相信此说,并认为"《硕人》篇要歌给庄公听"(《诗言志辨》)。李清照将那些与自己身世有某种关联的材料,在词中加以隐括,从而歌给赵明诚听,不是没有可能的。再从训诂方面看,"终风且暴","终",是"既"的意思;"暴",不仅是"疾"的意思,而且特指日出而风(晓风)。把这几个字的训诂之意连接起来的意思是:太阳一出就刮起了大风,这不就是"晓来风急"的意思吗?词人以此暗喻自己与庄姜相类似的"无嗣"和何以"无嗣",可谓用心良苦!

❻"雁过也"三句:化用赵嘏《寒塘诗》"乡心正无限,一雁度南楼"、吴均《赠杜容成诗》"一燕海上来,一燕高堂息。一朝相逢遇,依然旧相识"。这三句意谓,正伤心时,有雁群飞过,原来这是替词人带过信的"旧时相识"。

❼有谁堪摘:言无甚可摘。谁,何,什么。堪摘,一作忺(xiān)摘,意谓愿意摘。

❽怎生:怎样,如何。

❾这次第:这情形,这光景。

❿怎一个、愁字了得:意谓词人本来就"伤心"地"寻觅"和等待"良人"归来,但从"晓来"到"黄昏","良人"未归,却又秋雨连绵,点点滴滴打落在梧桐上。"人"不归来,天不作美,词人又要"独自"等待。此情此景,不是一个"愁"字所能概括得了的。

选 评

宋·张端义

且秋词《声声慢》"寻寻觅觅,冷冷清清,凄凄惨惨戚戚",此乃公孙大娘舞剑手。本朝非无能词之士,未曾有一下十四叠字者,用《文选》诸赋格。后叠又云:"梧桐更兼细雨,到黄昏、点点滴滴。"又使叠字,俱无斧凿痕。更有一奇字云:"守定窗儿,独自怎生得黑?""黑"字不许第二人押。妇人中有此文笔,殆间气也。

——《贵耳集》

宋·罗大经

近时李易安词云"寻寻觅觅,冷冷清清,凄凄惨惨戚戚",起头连叠七字,以一妇人,乃能创意出奇如此。

——《鹤林玉露》

清·沈雄

黑,易安词"守着窗儿,独自怎生得黑",幼安词"马上琵琶关塞黑"。张端义《贵耳集》曰:此"黑"字不许第二人押。

——《古今词话·词品》

清·陆以湉

李易安《声声慢》词:"寻寻觅觅,冷冷清清,凄凄惨惨戚戚。"连叠七字,昔人称其造句新警。其源盖出于《尔雅·释训篇》……此千古创格,亦绝世奇文也。

——《冷庐杂识》

清·梁绍壬

诗有一句三叠字者,吴融《秋树》诗"一声南雁已先红,槭槭凄凄叶叶同"

是也。有一句连三字者，刘驾诗"树树树梢啼晓莺""夜夜夜深闻子规"是也。有两句连三字者，白乐天诗"新诗三十轴，轴轴金石声"是也。有一句四叠字者，《古诗》"行行重行行"、《木兰诗》"唧唧复唧唧"是也。有两句互叠字者，"年年岁岁花常发，岁岁年年人不同"是也。有三联叠字者，《古诗》"青青河畔草"六句是也。有七联叠字者，昌黎《南山》诗"延延离又属"十四句是也。至李易安词"寻寻觅觅，冷冷清清，凄凄惨惨戚戚"，连下十四叠句，则出奇胜格，匪夷所思矣。

——《两般秋雨庵随笔》

清·王闿运

亦是女郎语。诸家赏其七叠，亦以初见故新，效之则可呕。"黑"韵却新，再添何字？

——《湘绮楼评词》

清·陈廷焯

易安《声声慢》一阕，连下十四叠字，张正夫叹为公孙大娘舞剑手。且谓本朝非无能词之士，未曾有一下十四叠字者。然此不过奇笔耳，并非高调。张氏赏之，所见亦浅。

——《白雨斋词话》

清·梁启超

此词最得咽字诀，清真不及也。

——《饮冰室评词》

沈祖棻

此词之作，是由于心中有无限痛楚抑郁之情，从内心喷薄而出，虽有奇思妙语，而并非刻意求工，故反而自然深切动人。陈廷焯《云韶集》说它"后幅一片神行，愈唱愈妙"。正因为并非刻意求工，"一片神行"才是可能的。

——上海古籍出版社《宋词赏析》

梁乙真

此词精工巧丽,备极才情,读之真如"大珠小珠落玉盘",其运辞之技巧,描写之真切。可谓极艺术之能事矣。

——上海书店出版社《中国妇女文学史纲》

胡云翼

前面连用"寻寻觅觅,冷冷清清,凄凄惨惨戚戚",十四叠字,后面又用"梧桐更兼细雨,到黄昏点点滴滴",真是大珠小珠落玉盘,运辞之技巧,描写之真切,已经极艺术之能事的极限了。

——中国友谊出版公司《唐诗宋词常识》

任中敏

此词乃北宋女词人中特异之作。运用白话,而未反词之体性,斯为难得。

——商务印书馆《词曲通义》

梁启勋

此词见《漱玉集》,无题。然望文知是写一天之实感。一种茕独恓惶之景况,动人魂魄。

——文化艺术出版社《词学》

龙榆生

这里面不曾使用一个故典,不曾抹上一点粉泽,只是一个历尽风霜、感怀今昔的女词人,把从早到晚所感受到的"忽忽如有所失"的怅惘情怀如实地描绘出来。看来都只寻常言语,却使后人惊其"遒逸之气,如生龙活虎",能"创意出奇",达到语言艺术的最高峰。这和李煜的后期作品确有异曲同工之妙,也只是由于情真语真,结合得恰如其分则已。

——北京出版社《词学十讲》

夏承焘

用舌声的共十六字：难、淡、敌他、地、堆、独、得、桐、到、点点滴滴、第、得；用齿声的四十一字：寻寻、清清凄凄惨惨戚戚乍、时、最、息三、盏、酒怎、正伤心、是时、识、积、憔悴损如、谁、守、窗、自怎生、细、这次、怎、愁、字。全词九十七字，而这两声却多至五十七字，占半数以上；尤其是末了几句："梧桐更兼细雨，到黄昏点点滴滴，这次第，怎一个愁字了得！"二十多字里舌齿两声交加重叠，这应是有意用啮齿丁宁的口吻，写她自己忧郁惝恍的心情。不但读来明白如话，听来也有明显的声调美，充分表现乐章的特色。……这可见她艺术手法的高强，也可见她创作的大胆。宋人只惊奇它开头敢用许多重叠字，还不曾注意到它全首声调的奥妙。

——《李清照词的艺术特色》

薛砺若

其笔力之遒健，描写之深入，境界之逼真，情绪之迫切紧张，均充分的现出，绝不类一个妇女的手笔，入手连用十四叠字，即已险奇，而收句复又运用两叠，却用来妙语天成，毫无堆滞粉饰之迹。

——上海书店出版社《宋词通论》

唐圭璋

案：此词上片既言"晚来"，下片如何可言"到黄昏"。雨滴梧桐，前后语言重复，殊不可解。若作"晓来"，自朝至暮，整日凝愁，文从字顺，豁然贯通。

——上海古籍出版社《词学论丛·读李清照词札记》

黄墨谷

《声声慢》秋词作于建炎三年，地点在建康，时明诚甫亡故。《金石录后序》云："余悲泣，仓皇不忍问后事，八月十八日遂不起。……葬毕，余无所之，时朝廷已分遣六宫，又传江将禁渡。"李清照这时的遭遇，真可以说"人生到此，天道宁论",此时此地,写一首凄恻哀伤的悼亡词,长歌以当哭,原是未可厚非的。不应该离开作家的历史时代和具体环境去分析作品,也不宜于把一篇作品孤立起来作出结论。

——中华书局《重辑李清照集》

宛敏灏

李清照《声声慢》首句,如仅就其本身看,说它是"刻意播弄"或"锻炼出来"都无不可。倘细玩十四叠字,实包括恍惚、寂寞、悲伤三层递进的意境;再跟下片叠字和"得黑""了得"等险韵句联系起来,即见其围绕一个中心抒写,前后用字互相呼应之妙。

——上海古籍出版社《词学概论》

艾治平

这首词流传今古,一向为人赞赏,却是由于它艺术手法的高超。开头三句叠字,如风雨骤至,把孤独寂寞的迷离彷徨之感,大笔濡染,绘上了浓重的色彩。接下来用秋雁、菊花、梧桐、细雨等等,一个个具有特征性而与人有过密切关系的景物,来掀起人心灵的波澜,感情的渲染,越来越浓,越来越深,到最后用反诘口吻"怎一个愁字了得",收束全篇,把人的忧思愁情,推上高峰。

——北京出版社《宋词的花朵——宋词名篇赏析》

漱玉词

蝶恋花①

【原 文】

上巳召亲族

永夜恹恹欢意少②,空梦长安③,认取长安道。为报今年春色好,花光月影宜相照。　　随意杯盘虽草草,酒美梅酸,恰称人怀抱④。醉莫插花花莫笑,可怜春似人将老⑤。

注 释

❶蝶恋花:此首当作于建炎二年(1128)春,是年作者初到江宁(今南京),汴京沦陷将近一年。在寂静的夜晚,每当想起京都,作者心情总是很沉重。但是在这一年,对其家庭和自身来说,既有可喜可贺之事,又有伤心败兴之事,所以此时在作者的笔下,悲苦之言和欢愉之辞交并。其感慨所系则是年年岁岁花相似,岁岁年年人不同!上巳:节日名。秦汉时,以阴历三月上旬巳日为"上巳"(见《后汉书·礼仪志上》)。魏晋以后改为三月三日。

❷恹恹(yān):精神不振貌。

❸长安:原为汉唐故都,这里代指北宋都城汴京。

❹"随意"三句:杯盘:酒食。梅酸:梅是古代所必需的调味品。此三句意谓酒席虽简单,但很合口味。

❺"醉莫"二句:此二句是对《减字木兰花》结拍的反意照应。彼时她把花

斜插在"云鬟"上,遂让"郎""比并"相看,是花好看还是她的脸蛋儿好看?如今花朵依旧盛开,自己却老之将至,再也不能把花往头上"斜簪"了。

选评

周振甫

这首词,是李清照阴历三月三日上巳节宴会亲族时作的,是哪一年写的已无可考。从"人将老"看,当是婚后作品。从召集亲族宴会,赞美"春色好"看,该在北宋没有覆亡时作。从"空梦长安"看,赵明诚当在京里做官,所以要梦长安了。

——齐鲁书社《李清照词鉴赏》

平慧善

本词是李清照晚年之作,这时她生活略为安定,已能召集亲族聚会饮宴。但是,美好的春光月色,意在消愁的酒宴,并未给词人带来欢快,相反更勾起对故国的深沉思念和旧家难归的惆怅。在梦中她还很熟悉汴京的道路,可以想见其忆念之切,但是一个"空"字,毕现失望之情。所以起首三句为全词定下基调。接着两处转折:上阕以春夜迷人的景色来反衬词人的愁闷情绪;下阕在怡乐的酒宴中,发出"醉莫插花花莫笑,可怜春似人将老"的悲叹,从而委婉曲折地表达了词人的忧国情怀和对人生的感慨。

——巴蜀书社《李清照诗文词选译》

侯健　吕智敏

无论是美好悦目的春夜景色,还是称人怀抱的美酒果品,在词人的笔下都是被当作一场"空梦"来描写的,美梦总有醒来的时候,佳宴总有散席的时候,与其忍受梦醒后更加空寂怅惘的痛楚,不如警醒一些,不要为"空梦"所陶醉。因此,词人清醒地对自己、也对亲人们发出警戒:"醉莫插花花莫笑,可怜春似人将老。"人老,是"永夜恹恹欢意少"的结果,是"空梦长安"内心受尽折磨的结果,在终日为国担忧、苦恋故乡的词人眼里,春天也像自己一样,被日趋衰败的国势催老了！这首词，曲折而含蓄地抒写了李清照的爱国主义情怀。

——山西教育出版社《李清照诗词评注》

临江仙 并序①

【原文】

欧阳公作《蝶恋花》②，有深深深几许之句，予酷爱之。用其语作庭院深深数阕，其声即旧《临江仙》也。

庭院深深深几许，云窗雾阁常扃③。柳梢梅萼渐分明。春归秣陵树，人老建康城④。　　感月吟风多少事，如今老去无成⑤。谁怜憔悴更凋零，试灯无意思⑥，踏雪没心情⑦。

【注 释】

❶临江仙：又名《庭院深深》等，其调名缘起歧说甚多。一说此调"多赋水媛江妃"故名；一说据敦煌词有"岸阔临江底见沙"句，云词意涉及临江；一说"唐词多缘题，所赋《临江仙》则言仙事，《女冠子》则述道情，《河渎神》则咏祠庙。大概不失本题之意"（黄昇《花庵词选》）。李清照此词当作于建炎三年（1129）元宵节前后，是一首感叹身世、曲折表达隐衷之作。她在《词论》中曾对欧词等表示不满云："至晏元献、欧阳永叔、苏子瞻，学际天人，作为小歌词，直如酌蠡水于大海，然皆句读不葺之诗尔，又往往不协音律。"作为名公大臣，欧阳修热衷于作"小歌词"，这在当时被认为是不够光彩的事，况且欧词，特别是其《醉翁琴趣外篇》还被认为"鄙亵之语，往往而是，不止一二也"

(《吴礼部诗话》)。这种对欧词的尖锐批评,虽出自李清照不得而知的后人之口,但欧词本身的这类问题却是早已存在了的。对于致力于词的"纯洁"和"尊严"的李清照来说,其对这类问题表示不满洵为顺理成章之事。至于她为什么从不满欧词到"酷爱"欧句的问题,简而言之,她完全是借"醉翁"的酒杯,浇自己的块垒,即以欧词中所写的"游冶""章台"者,来影射和规劝其丈夫赵明诚。

❷欧阳公作《蝶恋花》:欧阳修作《蝶恋花》词:"庭院深深深几许,杨柳堆烟,帘幕无重数。玉勒雕鞍游冶处,楼高不见章台路。　雨横风狂三月暮,门掩黄昏,无计留春住。泪眼问花花不语,乱红飞过秋千去。"

❸云窗雾阁:语见韩愈《华山女诗》。此谓云雾缭绕以形容楼阁之高。扃(jiōng):关锁。

❹秣陵、建康:均指今江苏南京。其地历代数次更名,楚威王以其地有王气,埋金镇之,名曰金陵。秦始皇改金陵为秣陵。后孙权迁都于此改名建业。晋初复改名秣陵。后分秦淮河南为秣陵,北为建邺。建兴元年(313)因避晋愍帝司马邺讳,改名建康。

❺"感月"句:此句当谓夫妻间曾有过多少风韵之事,而眼下自己已是老而无成的有缺憾的人。无成:此处非指事业无成,当指老而无子。这种女子被传统势力视为不全之人,不准介入红、白喜事。

❻试灯:我国阴历正月十五日为元宵节,晚上张灯结彩,以祈丰年。十四日张灯预赏,谓试灯日。

❼踏雪:《清波杂志》卷八记载:李清照的本家曾对人说,赵明诚在作江宁知府时,每逢大雪天,李易安就顶笠披蓑,沿着城的四周,踏雪登高,向远处观览,寻觅诗材和作诗灵感,得到诗句便邀其夫赓和,而赵明诚往往因为作不出相应的诗句而苦恼。对此,古人是这样具体描绘的:"顷见易安族人言:明诚在建康日,易安每值天大雪,即顶笠披蓑,循城远览以寻诗,得句必邀其夫赓和,明诚每苦之也……"

选评

清·徐釚

欧阳修《蝶恋花·春暮》词也。李易安酷爱其语,遂用作"庭院深深"调数阕。杨升庵云:"一句中连三字者,如'夜夜夜深闻子规',又'日日日斜空醉归',又'更更更漏月明中',又'树树树梢啼晓莺',皆善用叠字也。"

——《词苑丛谈》

清·况周颐

第一阕,朱竹垞云:"庭院深深"一阕,载冯延巳《阳春录》,刻作欧九,误也。玉梅词隐云:据《漱玉词》,则是《阳春录》误载也。易安宋人,性复强记,尝与明诚坐归来堂烹茶,指堆积书史,言某事在某卷某叶某行,以是否决胜负,为饮茶先后,何至于当代名作向所酷爱者,记述有误?竹垞云云,未免负此佳证。

——《漱玉词笺》

黄墨谷

此词作于建炎三年(1129年)初春,是胡马饮河、宋室南渡的第三个年头。……清照《临江仙》词中的"人老建康城",不单是她个人的悲叹,而且道出了成千上万想望恢复中原的人之心情。

——上海辞书出版社《唐宋词鉴赏辞典(唐·五代·北宋)》

王学初

此首因各本文字之不同……如原文确为"春归秣陵树,人老建康城",则此词自应为清照在建康所作。惟四印斋本《漱玉词》、赵辑本《漱玉词》刊刻、排印有无错误,其文字根据何本?赵辑是否根据赵辑宁星凤阁抄本《乐府雅词》(此本被劫往国外,尚未收回,亦无显微胶卷),尚待证实。而词中云"人老建康城",又云"而今老去无成",明为感旧伤今之语,与在建康时情境不甚相合,不似从明诚居建康时作。疑从《词学丛书》本《乐府雅词》作"建安"为是。清照似曾至闽,其时赵明诚已死,与张汝舟已离异,流离飘泊。在建康时每大雪辄循城远览,意兴甚豪,而此云"踏雪没心情",情境完全不合。

——人民文学出版社《李清照集校注》

蔡厚示

"庭院深深深几许?云窗雾阁常扃。"李清照酷爱"深深深几许"之语,是很有艺术见地的。因为它一连叠用三个"深"字,不仅渲染出庭院的深邃,而且收到了幽婉、复沓、跌宕、回环的声情效果。它跟下句合起来,便呈现出一幅鲜明的立体图画:上句极言其深远,下句极言其高耸。用皎然的话说,这就叫"取境偏高"(《诗式·辩体有一十九字》);用杨载的话说,这就叫"阔占地步"(《诗法家数》)。它给欣赏者以空间无限延伸的感觉。但句尾一缀上"常扃"二字,就顿使这个高旷的空间一变而为令人窒息的封闭世界。真如一拧电纽,就顿使光明变成了黑暗一样。……秣陵、建康,同地异名。它被分别置于上下对句之中,看似合掌(诗文内对句意义相同谓之"合掌")。但上句写春归,是目之所见;下句写人老,是心之所感。它把空间的感受转化为时间的感受,从初春来临联想起人的青春逝去。情致丰富,毫不显得单调、重复。它貌似"正对"(即同义对)而实比"反对"(即反义对)为优,可视为本篇的警策。

——紫禁城出版社《唐宋词鉴赏举隅》

漱玉词

临江仙①

【原文】

梅

庭院深深深几许,云窗雾阁春迟。为谁憔悴损芳姿。夜来清梦好,应是发南枝②。　　玉瘦檀轻无限恨③,南楼羌管休吹④。浓香吹尽又谁知,暖风迟日也,别到杏花肥⑤。

注 释

❶临江仙:王学初《李清照集校注》以此首为存疑之作;唐圭璋《宋词互见考》云或为李清照词,其《全宋词》收之,并附按语:"赵万里云:'《梅苑》卷九引作曾子宣妻词。《乐府雅词》下魏夫人词不收,以《草堂诗余》所载前阕自序证之,自是李作无疑。'"兹从是说。

❷南枝:向南,亦即朝阳的梅枝。

❸玉瘦檀轻:谓梅花姿态清瘦,颜色浅红。檀,原为木名,此处指浅绛色。

❹"南楼"句:意谓不要吹奏音调哀怨的笛曲《梅花落》。

❺"暖风"二句:意谓春风离梅而去,却掉头("别到")吹拂杏花,遂使之"肥"。此句当有所指,宜细味其意。迟日:春日。语见杜审言《渡湘江诗》。

选评

清·王鹏运

此首亦疑有伪,似借前《临江仙》调,模拟为之者。

——四印斋本《漱玉词》注

唐圭璋

据《草堂诗余》载清照别一首《临江仙》自序云:"欧阳公作《蝶恋花》,有'深深深几许'之句,予酷爱其语,作'庭院深深'数阕,其声即《临江仙》也。"是清照曾作数阕《临江仙》,此阕起处相同,或亦清照作也。

——江苏古籍出版社《宋词四考·宋词互见考》

王学初

按此首泛咏梅花,情调与另一首完全不同,未必同时所作。《乐府雅词》李词亦未收此首。《梅苑》以此首为曾子宣妻词,《花草粹编》以为李易安词,俱不详所本,存疑为是。

——人民文学出版社《李清照集校注》

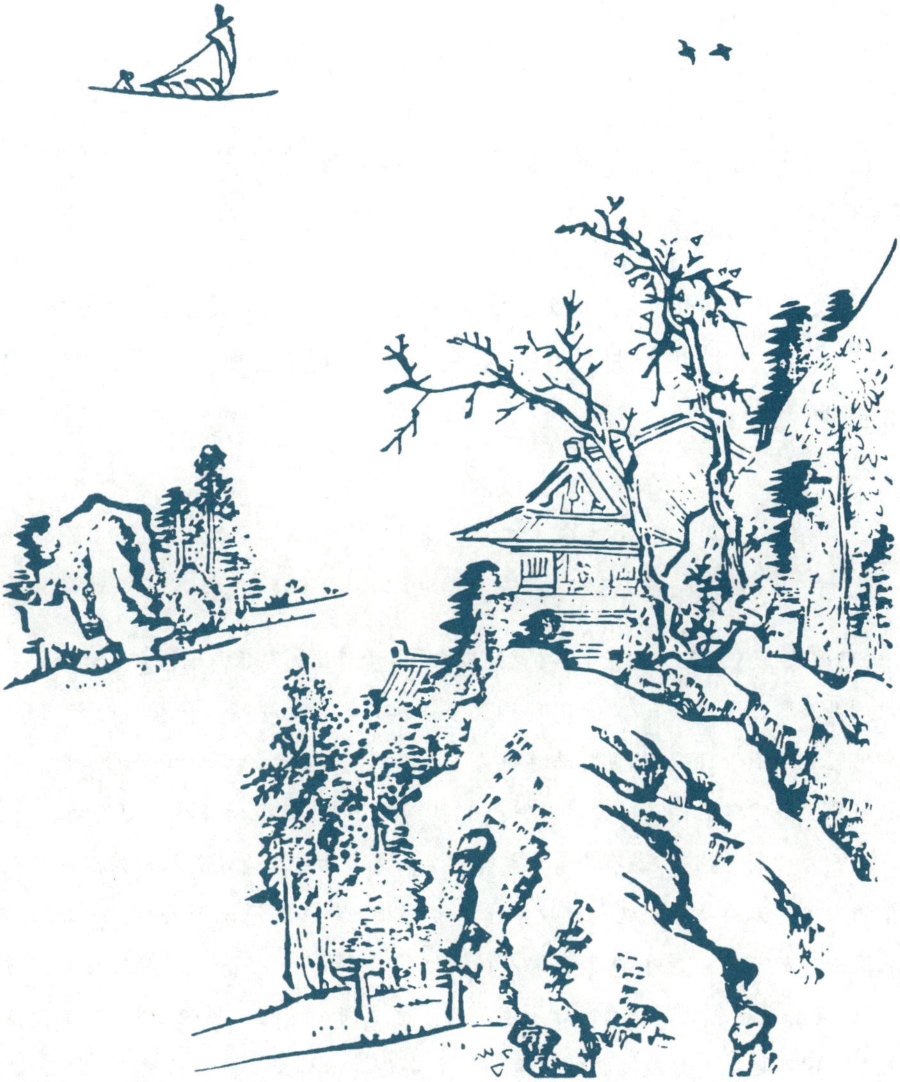

诉衷情①

【原文】

夜来沉醉卸妆迟,梅萼插残枝②。酒醒熏破春睡,梦远不成归③。　　人悄悄,月依依,翠帘垂④。更挼残蕊,更捻余香,更得些时⑤。

注 释

❶诉衷情:又名《桃花水》《试周郎》。李清照此词题旨与调名本意相近。一说调名或取自《离骚》:"众不可户说兮,孰云察余之中情?世并举而好朋兮,夫何茕独而不予听?"此说与陆游的"当年万里觅封侯"之词旨倒更相契合。此首当系明诚守建康日(1127年8月至1129年2月),清照所作数首闺怨词之一。称此首为"闺怨词",或有论者为之哗然,而笔者的这一看法是根据清照在此词中的用典得出的。尽管这一典故像溶于水的盐一样,几乎无影无踪,但如果不从这一典故说起,就很难了解词人的内心,遂误以为她借酒浇愁以至于"沉醉",完全是思念故国故家所致。不是的,这是词人用的"障眼法"。不是说清照不爱国不思乡,而是她的爱国情感,主要是诉诸诗文。在靖康之变以后、丈夫亡故以前的一段时间,在清照词中,清照即使偶有家国之辞,也与这首《诉衷情》(又名《桃花水》)类似,所隐含的主要是闺情闺怨。在这方面,清照与男性作者很不一样,他们往往把政治抱负托之于"美人香草",把怀才不遇寓之于儿女情怨。如果说秦少游把他日思夜想的"苏门"师友,有意说成是他与

"玉楼"佳丽和"东邻"靓女的藕丝之连,那么,李易安则往往故将其内心怀恋的伉俪亲情,托之以故国旧家之思。此词的结拍更加雄辩地说明,如果是亡国之痛,她哪能眼巴巴地用消磨时间来等待痛苦的缓解呢?很显然,在这里作为思妇的主人公,她手捻"余香"所等待的只能是"良人"。

❷"夜来"二句:此二句中的"沉醉"云云,当系化用《诗·邶风·柏舟》的"微我无酒,以敖以游"二句。对《柏舟》一诗的理解历来歧义纷呈,但清照很可能是受了刘向《列女传》的影响,相信其为一女子所作。应该说清照的这一理解,比之某些汉唐旧解更切实际。她虽然不大可能见到朱熹《诗序辨说》一书对《柏舟》的理解,但李、朱的观点可谓不谋而合。朱熹不仅以为《柏舟》篇确系女子所作,并进而指出:此为妇人不得于夫而作。这简直说出了清照敢怨而不敢明言的心里话。唯其不敢明言,才在起拍借用"微我"二句委曲言之。此二句在《诗》中的原意为:不是要喝没有酒,也不是想游无处游,而是我心中别有隐忧。而清照笔下的"夜来"二句则意谓:昨晚我喝得沉醉不醒,以致头饰卸迟,梅妆"凋残",那是因为我正如《柏舟》篇的作者一样,心中亦有隐忧。梅萼:梅的萼片,此处代指梅。

❸"酒醒"二句:此二句的表层语义为:酒劲渐消,梅花的浓香将我从春睡中熏醒,使我不能在梦中返回日夜思念的遥远的故乡。而其深层语义当为:梅香把人熏醒,不得返回故里,重温往日夫妻恩爱的美梦。

❹"人悄悄"三句:其中"人悄悄"句当化用《诗·邶风·柏舟》的"忧心悄悄"之句意,极言忧愁之深。此三句则意谓:帘幕低垂,明月多情,照我"无眠"。如以现代语言译之则是:你问我忧愁有多深,明月知道我的心。

❺"更挼(ruó)"三句:意谓词人用揉搓残梅来消磨难熬的时光。言外之意当是:从沉醉到酒醒,从天黑到深夜,丈夫迟迟不归,词人则想方设法拖延些时间,殷切等待,却希望落空。挼:揉搓。捻(niǎn):用手搓转,如捻麻绳,其揉搓程度比挼更进一层。词人此时此刻的心态,在其日后所写的《清平乐》(年年雪里)一词中,则谓之"挼尽梅花无好意"。假如这是一种爱国思乡之情,她绝不会用"无好意"这样的字眼出之。

选 评

清·况周颐

玉梅词隐云:《漱玉词》屡用叠字,"寻寻觅觅,冷冷清清,凄凄惨惨戚戚",最为奇创。又"庭院深深深几许",又"更挼残蕊,更撚余香,更得些时",又"此情此恨,此际拟托行云,问东君",又"旧时天气旧时衣,只有情怀不似旧家时",叠法各异,每叠必佳,皆是天籁肆口而成,非作意为之也。欧阳文忠《蝶恋花》"庭院深深"一阕,柔情回肠,寄艳醉魄。非文忠不能作,非易安不许爱。

——《漱玉词笺》

王延梯 胡景西

写梦远思乡之情的作品,在李清照的词作中并不少见。这一首则以细腻的笔法塑造栩栩如生的人物形象见长。词一开章,就是沉醉而卧的自画像。"卸妆迟""压残枝"这些细节描绘增强了酒醉时人物形象的真实感。梦醒后的形象,是通过环境的勾勒和人物的举止动作来塑造的。"人悄悄,月依依,翠帘垂"及"更挼"句不仅把人物外在的动作神情刻画得惟妙惟肖,而且是人物灵魂中的内在因素发掘出来,从而使人物形象完整统一,有血有肉。

——齐鲁书社《李清照词鉴赏》

刘瑜

金昌绪《春怨》,使女主人惊觉的是黄莺的歌唱声。岳飞《小重山》"昨夜寒蛩不住鸣,惊回千里梦,已三更",使主人公惊梦的是蟋蟀的鸣声,总之破梦的是音响,是听觉受到强烈刺激的结果。但是在诗词里写花的馨香强烈刺激了人的嗅觉,而使人的美好梦境受到破坏,这不能不说是个创造,是个发展,十分新鲜。……作者通过"沉醉""卸妆迟""酒醒""熏破""梦远""挼残蕊""撚余香"等人物活动来开掘主人公的灵魂深处,表现她对丈夫的深情思念。……作者用寥寥四十四个字,写女主人种种含蓄的活动及复杂曲折的心理,维妙维肖。女主人的思想感情波澜起伏，因愁而"沉醉"，因"梦远"而高兴，因"熏破"而愤怒。对梅花，因爱而插戴，因憎而"揉""捻"。情节的发展也如此跌宕曲折，人物形象栩栩如生，读者不禁拍案称绝，惊叹不已。

——民族出版社《李清照词欣赏》

鹧鸪天①

【原 文】

寒日萧萧上琐窗②,梧桐应恨夜来霜。酒阑更喜团茶苦③,梦断偏宜瑞脑香。　　秋已尽,日犹长,仲宣怀远更凄凉④。不如随分尊前醉⑤,莫负东篱菊蕊黄⑥。

注 释

❶鹧鸪天:此首当写于建炎二年(1128)秋,是时赵明诚尚在建康知府任,但李清照此作的基调却很低沉,词中既有家国之念,亦隐含身世之叹,而结拍的随意醉酒恐非完全出于本愿,当借此表达其万般无奈而已。

❷萧萧:冷落萧索貌。琐窗:雕刻有连环图案的窗子。多本作"锁窗",当以"琐窗"为胜。

❸酒阑:据《史记·高祖本纪》裴骃集解:"阑"是"希"的意思,饮酒的人一半离开,一半还在,叫作"阑"。这里当指饮酒过多或借酒浇愁。团茶:这里指一种特制的贵重茶饼。对于团茶的成色,欧阳修《归田录》卷二有记载。

❹仲宣:王粲字,东汉山阳高平(今山东微山西北)人。以诗赋见长,"建安七子"之一。十余岁避乱往依荆州牧刘表,因其貌不扬、体弱多病,不被重用,作《登楼赋》抒发思念故乡和怀才不遇的失落感。

❺随分:随便。尊前:指宴会上。尊,同"樽"。

❻东篱菊蕊黄:化用陶潜《饮酒诗》二十首其五的"采菊东篱下"之句,其

中似隐含旷达以避乱世之意。

选评

林家英

　　这首词以"寒日萧萧上琐窗,梧桐应恨夜来霜"开篇,写清晨,情景凄清。但是它以"不如随分樽前醉,莫负东篱菊蕊黄"完篇,写黄昏,色调明丽,给人以美好的遐想!为有女词人的豁达明智,在这晚风萧萧入锁窗的漫长秋夜,她的身心该会更安宁一些吧!这首词的结尾,堪称余韵留春!

　　　　　　　　　　　　　　　　　　——齐鲁书社《李清照词鉴赏》

平慧善

　　此词当作于南渡以后。以悲秋开头,"寒日"二句,极言秋日萧条。下面既饮闷酒,又烹苦茶,梦断难眠,瑞脑香浓,是词人寂寞的秋晨生活的反映。"更喜""偏宜"是词人自我宽慰,不能作正面理解。上片情景相生,下片直抒胸臆。以王粲思乡,点明词人悲秋的原由。在唱出"更凄凉"的悲音后,结拍二句突转,以悲秋始,醉秋终。须知强解愁容,愁容难解,人儿孤独凄苦之情更浓。但妙在含蓄,词人不写尽而让读者意会无穷。醉酒东篱的黄昏又与"寒日萧萧"的清晨相呼应,构成一完整的抒情画面。

　　　　　　　　　　　　　　　　　　——巴蜀书社《李清照诗文词选译》

王思宇

　　结尾忽又宕开,故作超脱语。时当深秋,篱外丛菊盛开,那金色的花瓣光彩夺目,使她不禁想起晋代诗人陶潜《饮酒》第五首"采菊东篱下,悠然见南山"的诗句,自我宽解起来:归家既是空想,不如对着尊中美酒,随意痛饮,莫辜负了这篱菊笑傲的秋光。"随分"犹云随便、随意。这两句同作者《菩萨蛮》"故乡何处是,忘了除非醉"意思一样,不过表现方式不同。此片两层意思,都是对上片醉酒的说明:本来是以酒浇愁,却又故作达观之想;表面似乎很达观，实际隐含着无限乡愁。李清照的故乡已被金人占领，所以思乡同怀念故国是紧密结合着的。

——上海辞书出版社《唐宋词鉴赏辞典（唐·五代·北宋）》

菩萨蛮①

【原 文】

归鸿声断残云碧，背窗雪落炉烟直。烛底凤钗明②，钗头人胜轻③。　角声催晓漏④，曙色回牛斗⑤。春意看花难，西风留旧寒⑥。

注 释

❶菩萨蛮：又名《重叠金》《花间意》《梅花句》等。对于这一调名的来历，众说纷纭。其一以为创于唐开元、天宝间，而云《菩萨蛮》其调乃古缅甸乐，开元、天宝间传入中国，因李白为氐人，幼时即受西南音乐影响。开、天年间李白流落荆楚，路经鼎州沧水驿楼，登楼远眺，触发故乡之思，遂以故乡之旧调作《菩萨蛮》词（参见近人杨宪益《零墨新笺》之说）。其二以为敦煌曲《菩萨蛮》为唐德宗建中（780—783）初年所作。其三以为创于唐宣宗（846—859在位）时。这一词调中，除了最早无名氏（一说李白）所作首句"平林漠漠烟如织"，还有辛弃疾的题为《书江西造口壁》（郁孤台下清江水）最为著名。

❷凤钗：见前《蝶恋花》（暖雨晴风）注。

❸人胜：剪成人形的首饰。《荆楚岁时记》："正月七日为人日。以七种菜为羹，剪彩为人，或镂金薄为人，以贴屏风，亦戴之头鬓。"人、胜，皆古人于人日所戴饰物，始于晋唐。见李商隐《人日即事诗》。

❹角：古代军中的一种乐器。此处含有敌兵南逼之意。漏：古代滴水计时的器具。

❺牛斗：与斗牛同。两个星宿（xiù）名。

❻"春意"二句：此二句字面上意谓西风留住寒气使人难以游春赏花；而其寓托之意则当是紧承"角声"句的，意谓军乐声声，敌兵紧逼，建康危急，往日平静安定的生活难以为继。

选 评

王璠

周辉所记每值大雪，顶笠披蓑，循城远览以寻诗，在建康日也只能是建炎二年冬或三年春这个短暂的时间内才有可能。所以词中所写种种，就是她踏雪寻诗前的准备工作，那是可以肯定的。

——内蒙古人民出版社《李清照研究丛稿·江南好　故乡情

——对李清照两首〈菩萨蛮〉的理解》

潘君昭

这首词是写作者南渡以后，在异乡度过人日（正月初七日）的景况，以及由此而引起的思乡念人之情。……下片写次日晨景。远处的号角声催开了晨幕，铜漏也表明已到拂晓时分，曙光布满楚天。这是作者从睡梦中醒来以后的情景……"回"字形容黑夜逝去，晓色方开的光景。结尾两句，描写在晨光之下，倚楼远眺，但觉西风劲吹，春寒料峭，四周萧然，百花不发，这里不仅指景色，也是呼应首句，暗喻南渡以后小王朝偏安不振的局面；一年伊始，在寒凝大地的氛围中，作者联想到国事和自身遭遇，心情格外沉重。

——齐鲁书社《李清照词鉴赏》

徐培均

周邦彦《蝶恋花·早行》词云："月皎惊乌栖不定，更漏将残，辘轳牵金井。"细节虽不同,手法正相似,它们都是通过客观景物的色彩、声响和动态,表现主人翁通宵不寐的神态。所不同的是周词乃写男女临别之夜的辗转不安,李词则写客居外地的惆怅情怀。周词风格较为妍艳,李词风格较为沉郁。……此词给人最突出的印象是淡永。宋人张端义谓易安词"皆以寻常语度入音律,炼句精巧则易,平淡入调者难"(《贵耳集》卷上)。构成淡永的因素大约有三:一是格调轻灵而感情深挚;二是语言浅淡而意味隽永;三是细节丰富而不痴肥。仔细玩索,当能得其崖略。

——上海辞书出版社《唐宋词鉴赏辞典(唐·五代·北宋)》

唐玲玲

词中蕴含着一种迷茫朦胧的韵味,扣合着人物的萦念回环的情绪波澜。无论是暮色苍茫的落雪炊烟,或者是浩渺碧空的渐逝雁鸣;无论是茫茫长夜里传来的催人心碎的角声,或者是"耿耿星河欲曙天"中的"晓漏",词人所渲染的,是一片空朦迷茫的艺术天地,在这样的氛围的烘托下,又于微弱幽暗的烛光中,隐现了闺中人物之美……艺术语言的精确优美,在这首词中也令人叹为观止。"断""落""催""回"等词语在词中所显现的功力,起到了人工天巧的艺术效果。"断"字反映碧空的广阔,雁声的凄厉;"落"字显示环境的轻蒙宁静;"催"字、"回"字是表现时间的转移;"看"字表达心灵的动荡;"留"字传达人物对春寒的感受。词中用字,十分贴切地呈现了人物的细腻感情。李清照以准确精美的词语,描写人物的心灵世界的细微变化,使词章蕴含的诗意更加浓郁,更加传神。

——巴蜀书社《李清照作品赏析集》

孙崇恩

这首词,从语言、意境、风格上来看,当是李清照南渡之初的作品,不似有人所说"年轻玩赏之兴很浓时"的作品,其中更无"童心跃然"。上阕写初春室内外的凄清景象以及词人夜不能寐的生活情景,下阕写黎明时天上地上的景象以及词人沉寂惆怅的生活情景。全词从傍晚到深夜,以至天亮,从寥廓的天空到狭小的居室，以至枕边，描写细腻，错落精致，情景交融，境界开阔，语意深婉，一波三折，表现了女词人南渡后在凄清岑寂的环境下的沉寂惆怅之情和寂寞乡思之苦。

——人民文学出版社《李清照诗词选》

菩萨蛮①

【原 文】

风柔日薄春犹早②,夹衫乍著心情好。睡起觉微寒,梅花鬓上残③。 故乡何处是,忘了除非醉。沉水卧时烧④,香消酒未消⑤。

注 释

❶菩萨蛮:从此词中读不出泉路相隔或悼亡之意,可见是时明诚尚健在;又因词中有"故乡何处是"等家国之念,说明词是写于靖康之变以后。词人离开故乡南渡,首先到达的是江宁(后改称建康)。清照居建康只有一年,那么此词当作于明诚罢离建康以前。赵于建炎三年(1129)二月被罢,三月迁离。这个时间即可作为清照此类词写作的下限。

❷日薄:谓早春阳光和煦宜人。

❸梅花:这里当指梅花妆。《太平御览》卷九七〇引《宋书》,谓南朝宋武帝女寿阳公主人日卧于含章殿檐下,梅花落额上,成五出之花,拂之不去,自后有梅花妆。

❹沉水:即沉水香,一种熏香料。《太平御览》卷九八二引《南州异物志》云:"沉水香出日南。欲取,当先斫坏树着地。积久,外皮朽烂。其心至坚者,置水则沉,名沉香。"

❺香消酒未消:由此句可见词人颇有但愿沉醉不愿醒之意;再由"睡起觉微寒"更可知其有春睡"凉初透"之怨。是时词人之心态与《诉衷情》多有相似之处,但此首表达更加委曲含蓄,需细味方知其意。

选评

清·况周颐

俞仲茅云：赵忠简《满江红》"欲待忘忧除是酒"，与易安"忘了除非醉"意同。下句"奈酒行有尽愁无极"，微嫌说尽，岂如"沈水卧时烧，香消酒未消"，亦宕开，亦束住，何等蕴藉。易安自是专家，忠简不以词重云尔。

——《漱玉词笺》

俞平伯

上片措辞轻淡，意思和平。下片说故乡之愁，一时半刻也丢不开，除非醉了。又说，就寝时焚香，到香消了酒还未醒。醉深即愁重也。意极沉痛，笔致却不觉其重，与前片轻灵的风格相一致。

——陕西师范大学出版社《唐宋词选释》

王思宇

此词上片写喜，下片写悲，表面看去意似不连，实际关系非常紧密。春风送暖，本来应该欢乐地尽情领略这大好春光，然而节候的变化，往往特别容易触动人的思乡怀人之情，想到山河破碎，有家难归，这美好的春色，反而成了生愁酿恨之物。所以上片之喜，更反衬出下片之悲；写喜是宾，抒恨是主；悲喜对照，把主题表现得更加突出。

——上海辞书出版社《唐宋词鉴赏辞典（唐·五代·北宋）》

漱玉词

南歌子①

【原 文】

天上星河转②，人间帘幕垂。凉生枕簟泪痕滋③。起解罗衣聊问、夜何其④。　翠贴莲蓬小，金销藕叶稀⑤。旧时天气旧时衣，只有情怀不似、旧家时⑥。

【注 释】

❶南歌子：又名《断肠声》等。一说张衡《南都赋》"坐南歌兮起郑舞"，当系此调名之来源。而李清照此词之立意，则与又名《断肠声》合。此首当作于建炎三年（1129）深秋，此时赵明诚病卒后不久，词人痛定思痛。词的结拍虽有"旧家"字样，但此处并非以家喻国，而是一首悼亡词，词中的每一句，都与作者丈夫生前的情事有关。

❷星河：银河。

❸枕簟（diàn）：枕头和竹席。

❹夜何其（jī）：《诗·小雅·庭燎》："夜如何其？夜未央。"夜已经到了什么时候了？其，语助词，表示疑问。

❺"翠贴"二句：指主人公罗衣上绣制的花纹。此衣或经过典当（见《〈金石录〉后序》）和多年穿用，金线已经磨损，鲜艳的花纹已经褪色，原来主人公亲手绣制的栩栩如生的莲蓬、荷叶亦变得小而稀疏。

❻旧家：从前。家为估量之辞，与作"世家"解之"旧家"不同。见张相

《诗词曲语辞汇释》卷六。

选 评

诸葛忆兵

这首词作于痛定思痛之晚年,抒写词人"物是人非"的悲今悼昔之怀旧情感。……结尾连续用三个"旧"与"时"字叠用,渲染出一种今昔对比的强烈效果,也显示出词人流转如珠的语言风格。

——北方文艺出版社《李清照》

黄墨谷

清照穿图绘莲蓬、藕叶的罗衣,也是她爱国思想、高尚人格的表现。屈原忠而被谤、横遭放逐后所作《离骚》,就有这样一段自叙:进不入以离尤兮,退将复修吾初服。制芰荷以为衣兮,集芙蓉以为裳。不吾知其亦已矣,苟余情其信芳。"清照建炎元年自青州来建康,力主抗金,恢复中原,曾作诗讥高宗及其佞臣,以致明诚罢建康守,他们的遭遇与屈原为楚臣被逐近似。梁令娴《艺蘅馆词选》评清照《武陵春》词"此盖感愤时事之作",确是独具慧眼。我以为读《南歌子》词,亦应作如是观。

——安徽文艺出版社《唐宋词鉴赏辞典》

平慧善

本词作于南宋高宗建炎三年(1129年)秋赵明诚亡故之后。上阕写秋夜伤感。首句写夜深,次句写人静,接写秋寒夜泣,词境悲怆。然后由"起解罗衣"过渡到下阕写睹物兴叹。罗衣的花纹不仅写得细致精巧,而且与秋色、心境融洽无间。"莲"谐音"怜","藕"谐音"偶",以此来表达词人所引起的感触。最后三句直写,总结词意,以旧时衣物反衬非旧时情怀,悲怆已极。三个"旧"字的运用不仅不显得重复,而是更好地表现了"同中之异",有强烈的对比作用。

——巴蜀书社《李清照诗文词选译》

孙崇恩

  从词意词情来看，这首词应是李清照于建炎三年后的词作。上阕描写她孤苦凄凉夜不能眠的情景，下阕抒发她触物伤怀，今不如昔的感慨。全词寓情于景，境界开拓，情调沉郁，含蓄隽永，委婉曲折地表现了词人的身世冷落之悲和家国沦亡之苦。

——人民文学出版社《李清照诗词选》

忆秦娥①

【原 文】

临高阁，乱山平野烟光薄②。烟光薄，栖鸦归后，暮天闻角③。断香残酒情怀恶，西风催衬梧桐落④。梧桐落，又还秋色，又还寂寞⑤。

注 释

❶忆秦娥：又名《秦楼月》《蓬莱阁》《双荷叶》等。相传此调由李白词"秦娥梦断秦楼月"而得名。"秦娥"，一说指秦穆公女儿弄玉。

❷乱：在这里是无序的意思。平野：空旷的原野。

❸栖鸦：此指归巢的乌鸦。角：古代军中的一种乐器。此处含有金兵南逼之意。

❹"西风"句：以梧桐的飘落喻赵明诚的亡故。西风：秋风，当与《菩萨蛮》（归鸿声断）中的"西风"同义，皆喻指金兵每当秋高马肥之时，便对南宋发动南扰、东进之攻势，而作为"亡人"之象征的"梧桐落"，正是在"西风""催"逼的背景之下发生的。梧桐落：在古典诗词中，桐死、桐落既可指妻妾的丧亡，亦可指丧夫。前者如贺铸《半死桐》："梧桐半死清霜后，头白鸳鸯失伴飞"；后者如《大唐新语》："安定公主初降王同皎，后降韦擢，又降崔铣。铣先卒，及公主薨，同皎子繇为驸马，奏请与其父合葬，敕旨许之。给事中夏侯铦驳曰：'公主初昔降婚，梧桐半死；逮乎再醮，琴瑟两亡。……以求指定。'"

❺ "梧桐落"三句：意思是词人丈夫的亡故是在秋天，眼见梧桐飘落，因而使她感到格外冷落、孤独。

选 评

平慧善

本词写秋色。上片先写远景、大景。"乱山平野"句，既写杂乱的野景，又点出时间。接着由远及近，"烟光薄"当指日光淡淡的傍晚。夕阳西下之时，鸦群归宿，人未归来；画角凄清，似诉幽怨。下片写近景、小景。首句由景入情，直言"情怀恶"，借酒也难消愁。写到这里，灰暗的景色同"情怀恶"关系已点明。接着又写西风吹落梧桐叶，显示草木凋零，生机窒息，渲染凄苦之情。末三句"梧桐落，又还秋色、又还寂寞"总括全篇，虚实相生，亦景亦情。

——巴蜀书社《李清照诗文词选译》

王学初

四印斋本《〈漱玉词〉补遗》题作《咏桐》。按《全芳备祖》各词，收入何门，即咏何物。惟陈景沂常多牵强附会。此词因内有"梧桐落"句，故收入梧桐门，实非咏桐词。……此词又见杨金本《草堂诗余》前集卷上、《花草粹编》卷三，无撰人姓名。

——人民文学出版社《李清照集校注》

孙崇恩

这应是李清照晚年经受国破家亡之痛，颠沛流离之苦后的词作。从内容上看，亦并非"咏桐"。上阕写景。起笔写远望，"乱山平野"，景象不堪；再写近闻，栖鸦聒噪，暮天号角，隐然有山河荒残之痛，喟然有心怀凄凉之悲。下阕言情。先写室内，"断香残酒"，已自心情不好；再写室外，西风萧瑟，梧桐叶落，心怀更加悲凉。

——人民文学出版社《李清照诗词选》

杨恩成

"点染",本来是绘画中的一种技法。"点",就是"点明";"染",即"渲染"。这种技巧被借用到词中,往往是先点明某种情事,然后再用景物进行渲染。柳永《雨霖铃》说:"多情自古伤离别,更那堪冷落清秋节。今宵酒醒何处?杨柳岸、晓风残月。"先点明"伤离别",紧接着用"杨柳岸、晓风残月"来渲染"伤离别"之情。"断香"二句,也运用了"点染"的艺术技巧。上句点明"情怀恶",下句再用西风催逼梧桐叶落进行环境烘托。虚实相生,情景化一。

——齐鲁书社《李清照词鉴赏》

渔家傲①

【原 文】

天接云涛连晓雾,星河欲转千帆舞。仿佛梦魂归帝所②,闻天语,殷勤问我归何处③。 我报路长嗟日暮④,学诗谩有惊人句⑤。九万里风鹏正举⑥,风休住,蓬舟吹取三山去⑦。

【注 释】

❶渔家傲:此首当作于建炎四年(1130)浙江温州江心寺。是年春宋高宗避金兵曾驻跸于此。词人为湔洗"玉壶颁金"之诬,携家中铜器等物欲赴"外庭"投进,追赶高宗至此而不遇。是时朝廷有渡海南迁泉州之计,明诚次兄已家于泉州,其母亦迁葬于此。据上所叙,清照有"三山"(福州之别称,又是由温赴泉必经之地,下详)之想,当极合情理。后因形势好转,朝廷终止南迁,清照亦未抵"三山"。

❷梦魂:指心有所思而精魂入梦。帝所:原指天帝居处。这里是比喻宋高宗驻跸之地。

❸殷勤:情意恳切深厚的意思。

❹"我报"句:意思是时光已晚而行程尚远。比喻力竭计穷,无可奈何。

❺谩有:徒有。这里含有反讽和自嘲的意味。惊人句:或出自杜甫《江上值水如海势聊短述诗》:"为人性僻耽佳句,语不惊人死不休。"在写此词的前一二年中,清照尝有循城远览以寻诗之举,并曾写有《乌江》《咏史》和"南渡衣

冠少王导"等"惊人"的章句。故"学诗谩有惊人句",当是对这种创作状况带有讽喻和牢骚意味的概括。

❻"九万里"句:典出《庄子·逍遥游》"鹏之徙于南冥也,水击三千里,抟扶摇而上者九万里",词人则借以抒发其南行意向。正举:指起飞。北方莱州亦有"三山",如其向往的是这一"三山",则不能以南飞之鹏为典,况且从青州到莱州"三山",并无云雾茫茫、上接天际的水路可通,其必经之地则是她写《蝶恋花》(泪湿罗衣)时下榻的昌乐驿馆。李清照由青州至京口、江宁虽系南行,但不以"三山"作二地的代称,再说这段水路也远不及由温至泉舶行所给人的水天相连的感觉,而词之起拍"天接云涛连晓雾",竟酷似温州瓯江孤屿水天云雾之景况。至今虽仍未发现有关李清照到过江心寺的记载,但因她一直追赶高宗南行,在江心寺这一风水宝地上所留下的诸多踪迹中,当掩盖着李清照这位走投无路的嫠妇的脚印;唯因彼时朝野一派恐慌,文武官员自身性命尚且难保,有谁会为那位尚在蒙受通敌之嫌的赵明诚的遗孀的行实记上一笔呢?即使有此有识之士,其手泽也会像当时诸多人的身家性命一样,早已被金兵的铁蹄践踏得灰飞烟灭!时至今日,李清照的许多行踪虽均无"实证"可言,但说她到过今之浙江温州江心寺,不但不应被视为无稽之谈,而且还可以把这首《渔家傲》看作写于被谢灵运形容为"乱流趋正绝,孤屿媚中川。云日相辉映,空水共澄鲜"(《登江中孤屿》)的瓯江孤屿。词中"风休住",意谓风送行舟,这正是李清照于建炎四年正月底或二月初抵达温州时,自然界北风劲吹的季节;而《漱玉词》中反复出现,且在作为兵燹战乱象征的"西风"的威逼下,李清照何以不生发诣泉州投亲之想!

❼蓬舟:有一种草名叫"飞蓬",此指像"飞蓬"的小船。三山:《史记·封禅书》虽云东海有蓬莱、方丈、瀛洲三神山,但此处兼有借喻别称"三山"的福州之意。旧福州城内东有九仙山、西有闽山(乌石山)、北有粤王山,因称其为三山。李清照尝有一女弟子,名曰韩玉父,曾"自钱塘而之三山",其从杭州到福州去寻找那位与其"有终身偕老之约""得官归闽""何其食言"的"林君子建"(《醉翁谈录》乙集卷二)。可见宋代人对于"三山"之行,往往理解为南去福州。

选 评

清·黄苏

此似不甚经意之作,却浑成大雅,无一毫钗粉气,自是北宋风格。

——《蓼园词选》

清·梁启超

此绝似苏辛派,不类《漱玉集》中语。

——《饮冰室评词》

王璠

就本词而言,总共十句,却连用了李贺、李白、杜甫、屈原、庄子数典,占了绝大部分篇幅。二李、庄、骚,都是我国古代浪漫主义的大家,用他们所塑造的形象和熔铸的语言,以之入词,自是情辞并茂,贴切自然,入于化境;艺术魅力,非常强烈。词人李清照正是以其腹笥的博赡,生花的妙笔,驱遣二李,涵泳庄、骚,熔裁变化,浑然无间,取得陆平原所谓"袭故而弥新"的效果的。"学诗"一句,本从杜诗脱胎,杜为我国现实主义宗师,由于句中着一"漫"字,便显得豪纵、阔大,挥斥有声,可谓用古入妙。

——内蒙古人民出版社《李清照研究丛稿·胸怀壮阔 气象恢弘
——李清照豪放词〈渔家傲〉论析》

夏承焘

这首词中就充分表示她对自由的渴望,对光明的追求。但这种愿望在她生活的时代的现实生活中是不可能实现的,因此她只有把它寄托于梦中虚无缥缈的神仙境界,在这境界中寻求出路。然而在那个时代,一个女子而能不安于社会给她安排的命运,大胆地提出冲破束缚、向往自由的要求,确实是很难得的……这首风格豪放的词,意境阔大,想象丰富,确实是一首浪漫主义的好作品。出之于一位婉约派作家之手,那就更加突出了。

——浙江古籍出版社《唐宋词欣赏》

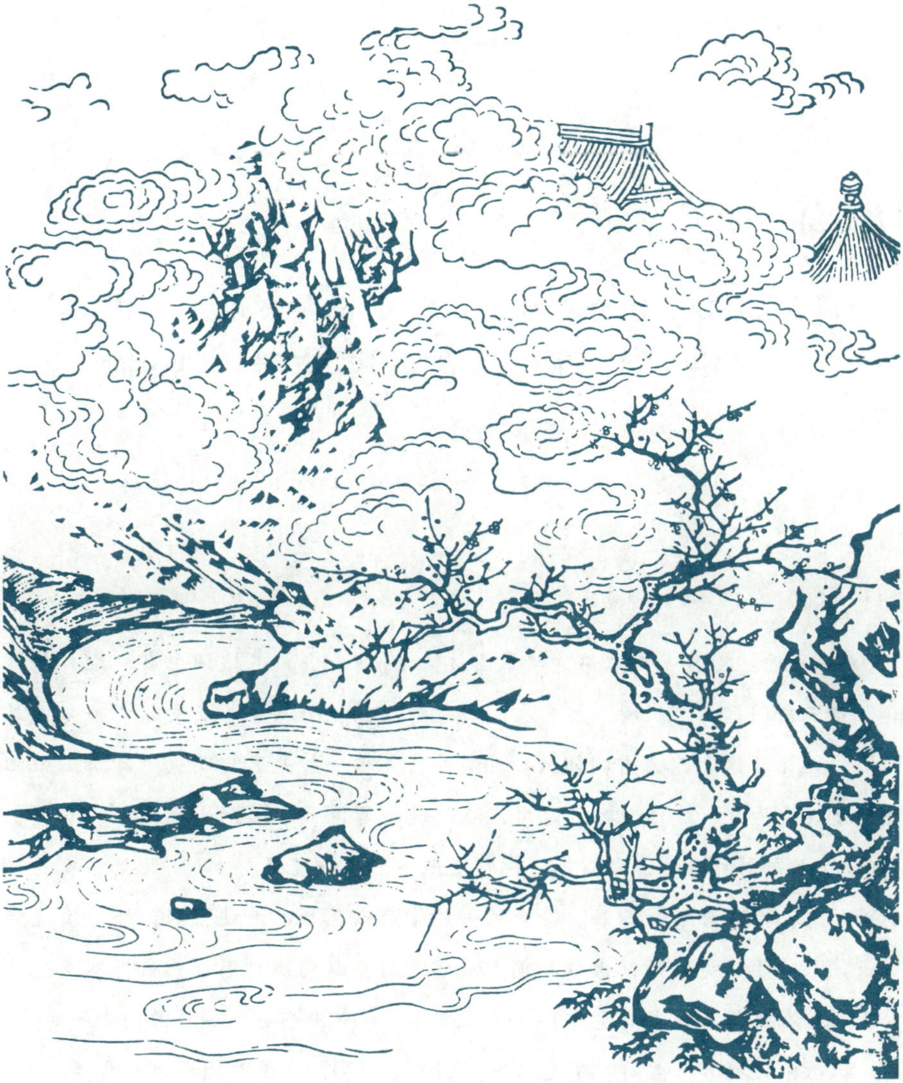

好事近①

【原 文】

　　风定落花深，帘外拥红堆雪②。长记海棠开后③，正伤春时节④。　　酒阑歌罢玉尊空⑤，青缸暗明灭⑥。魂梦不堪幽怨，更一声啼鴂⑦。

【注 释】

❶好事近：又名《钓船笛》《翠圆枝》《倚秋千》。苏轼词中有"烟外倚危楼"等三首同调词，双调，上下片各四句两仄韵。《词谱》以宋祁"睡起玉屏风"一词为正体。苏轼同调词云："烟外倚危楼，初见远灯明灭。却跨玉虹归去、看洞天星月。　　当时张范风流在，况一尊浮雪。莫问世间何事，与剑头微映。"此词写作时作者之心态、词作之题旨皆类《忆秦娥》。前此虽已有论者持有此见，但这仍然是本书注释者的一种带有或然性的看法，因为还曾有论者谓此词系作于赵明诚离家出仕期间。现已考订，赵明诚之离家出仕，不是在汴京，而是在"屏居乡里（青州）十年"之后，倘把此首系于李清照的中年时期，即从宋徽宗大观二年至高宗建炎三年（1108—1129，这段时间也可称作青、莱、淄、宁时期）亦无不可。因为在此期间，李清照曾经历过人生极为难堪而痛心的时日，这段时间，其词作之基调皆不胜悲苦，其"幽怨"程度，比之此词则有过之而无不及。唯因此词之下片给人以较明显的幻灭感，姑系于晚期。

❷"风定"二句：意谓大风过后，落花满地。深：犹厚。拥红堆雪：飘落而

堆积的红、白花瓣。

❸"长记"句：词人对其少女时期所作咏海棠的《如梦令》一词写作心态的追忆。

❹正：《乐府雅词》卷下作"正是"。四印斋本《漱玉词》注谓："此词上段末句'是'字疑衍。"赵万里辑《漱玉词》云："按此句无作六言者，'正''是'二字，必有一衍。"依词律确衍一字，兹从多数版本，"是"字径删。

❺"酒阑"句：此句意谓灯红酒绿、歌舞升平的时光已成过去。酒阑：酒残。参见《鹧鸪天》（寒日萧萧）注释。玉尊：玉制酒杯，泛指精美贵重的酒杯。尊，同"樽"。

❻青缸：这里指油灯。此灯之青光不仅忽明忽暗，甚至自动熄灭，可见环境之冷寂阴森。进而可以想见，此词有可能写于赵明诚亡故以后，其以咏海棠的《如梦令》做对比，或是有意用顺境对逆境，以衬托其人生前后况味之悬殊。

❼啼鴂（jué）：亦作"鹈鴂""鶗鴂"等。其名初见于屈赋的"恐鹈鴂之先鸣兮，使夫百草为之不芳"（《离骚》）。一说即子规、杜鹃。一说与杜鹃不是同一种鸟。辛弃疾《贺新郎》词："绿树听鹈鴂，更那堪、鹧鸪声住，杜鹃声切。"辛氏自注云："鹈鴂、杜鹃实两种，见《离骚补注》。"此处当泛指催春之鸟。

选评

蔡义江

李易安前期词，除少数几首外，作年俱不可考。笔者以为此词即其中之一。断其为前期之作，一则从词的情调上来判断，一则从词中反映的生活状况来确定；如下阕之"酒阑歌罢玉尊空"，似非南宋时期作者寡居生活所应有。若从词意上看，它很像是她丈夫赵明诚离家出仕期间的作品。词写的是暮春景象，借感伤花落春残来抒发自己内心的幽怨。上阕以写室外景物为主，以景物引出情来；下阕以叙闺中情事为主，将情事收入景去。

——齐鲁书社《李清照词鉴赏》

平慧善

　　此词先从室内人的视角看室外景,后写室内景、室内人。首句不写狂风形状,从"风定"写起,善于裁剪。"拥红堆雪",色泽鲜明,于渲染落花美丽中,流露哀惜之情。众花中独举海棠,不特表明时令更迭,而且感慨花木盛衰,万物兴败,在伤春中暗寓伤情。下片写伤情。室内人用饮酒唱歌排遣幽冈,愁绪更集,青灯明灭,正好衬托幽怨魂梦。啼鸩悲啼,用《离骚》诗意暗示春归,不仅诉出玉人的无限幽怨,而且与上片相应,使全词浑然一体。全词景、物、声、情水乳交融。

——巴蜀书社《李清照诗文词选译》

摊破浣溪沙①

【原 文】

病起萧萧两鬓华②,卧看残月上窗纱③。豆蔻连梢煎熟水④,莫分茶⑤。　枕上诗书闲处好⑥,门前风景雨来佳⑦。终日向人多酝藉⑧,木犀花⑨。

注 释

❶摊破浣溪沙:又名《山花子》。原为唐教坊曲名,后用为词牌。在南唐五代时即将《浣溪沙》的上下片各增添三个字的结句,成为"七、七、七、三"字格式,名曰《摊破浣溪沙》或《添字浣溪沙》。又因南唐李璟词"菡萏香销"之下片"细雨梦回"两句颇有名,所以又有《南唐浣溪沙》之称。双调四十八字,平韵。

❷"病起"句:病起:得病。萧萧:形容鬓发花白稀疏的样子。李清照最后是死于何种疾病,抑或无疾而终,今已不得而知,但从她的书序、信函和诗词中,已知她曾患过两次大病,一次是其《〈金石录〉后序》所云"余又大病,仅存喘息"。此次当因丈夫赵明诚去世,她料理后事,悲恸、劳累过度所致,时间大致在建炎三年(1129)的闰八月;她另一次患病,比上次更危重:"近因疾病,欲至膏肓,牛蚁不分,灰钉已具。"(《投翰林学士綦公宷礼启》)这场大病是在她家蒙受"玉壶颁金"之诬以后,为此她曾"大惶怖",又"不敢言",曾辗转追赶高宗行迹,欲尽将家中所有铜器等物投进"外庭",以期湔洗。追赶高宗不及,在她卜居会稽钟氏宅时,其卧榻之下的珍贵书画又被邻人穴壁所盗。

前述惊魂未定，又或因被盗事，"悲恸不已"而致病。正在她病得"牛蚁不分"之时，一个名叫张汝舟的"驵侩之下才"，乘其之危骗了婚。李清照一旦病情好转，便无法与张汝舟共处，在与之离异过程中，又蒙受种种毁谤，甚至身系大牢……在这一切苦难终究过去、病情初愈之时，李清照写了这首词，记录了她在某一天继续服药治病的养病生活，故此词约写于宋高宗绍兴二年（1132）八月，地点当在杭州西湖一带。

❸"卧看"句：此句或可谓因词人曾有离异之事为世人毁谤和不解，故其从破晓醒来，直到"终日"，只能孤寂地卧榻观月、闲翻诗书以遣怀。残月：将要隐没的月亮。

❹豆蔻：药物名，其性能行气、化湿、温中、和胃。豆蔻连梢：语见于张良臣《西江月》："蛮江豆蔻影连梢。"熟水：当时的一种药用饮料。陈元靓《事林广记》别集卷七之《造熟水法》："夏月凡造熟水，先倾百煎衮汤在瓶器内，然后将所用之物投入。密封瓶口，则香倍矣……"又《豆蔻熟水》："白豆蔻壳拣净，投入沸汤瓶中，密封片时用之，极妙。每次用七个足矣。不可多用，多则香浊。"《本草正义》曰："气味皆极浓厚……咀嚼久之，又有一种清澈冷冽之气，隐隐然沁入心脾。则先升后降，所以又能下气。"

❺分茶：杨万里《澹庵坐上观显上人分茶诗》有云："分茶何似煎茶好，煎茶不似分茶巧。"由此可见，"分茶"是一种巧妙高雅的茶戏。其方法大致是用重茶匙取茶汤注盏中，技巧高超的"分茶"者能使盏中之茶水呈现出图案花纹，甚至文字、诗句。鉴于"分茶"的技巧高、难度大，病中的词人，一则无此精力和雅兴；二则此系高朋聚会之举，这时的李清照正因离异事承受着"多口"之谤，恐一时无人前来与其聚饮。故此句当意谓：其所煎之豆蔻熟水，不能用来"分茶"，只作为药饮而已！

❻"枕上"句：此句道出读书"三昧"，洵为全篇之领下骊珠，"闲"字尤妙。"闲"可训作"安静"，又通"娴"，可作"文雅""熟习"解。"枕上诗书"，安然细绎，烂熟于心，方得真赏。

❼"门前"句：此句似暗中概写西湖之美。在女词人看来，西湖不仅有像柳永所描写的"有三秋桂子，十里荷花"（《望海潮》）的旖旎风光，亦有苏轼所

称道的"水光潋滟晴方好,山色空蒙雨亦奇"(《饮湖上初晴后雨》)的湖山佳境,雨中西湖尤为美不胜收……但这一切只能用"门前"概而言之,因为杭州西湖已经成了某些人心目中的"安乐窝",如果对其美景再大加渲染,岂不更加使之贪图享乐,不思恢复!此种"心事"只有"岳王"相知(见夏承焘《瞿髯论词绝句》),故清照在杭州定居二十多年,其诗词与岳飞一样,表面一字不涉西湖,说明她与岳飞有着相似的爱国衷肠。

❽"终日"句:此句意谓桂花像汉朝的薛广德那样,对人既宽和,又有涵容。词人在其《鹧鸪天》(暗淡轻黄)一词中,曾称誉桂花"自是花中第一流"。桂,既是她的观赏对象,亦是其理想的寄托,甚或是其人格的自况。酝藉:宽和,有涵容。《汉书·薛广德传》:"广德为人,温雅有酝藉。"

❾木犀花:桂花属木犀科,木犀系桂花之学名。

选评

侯健　吕智敏

此词描写晚年生活,虽不似《声声慢》那般"凄凄惨惨戚戚",也不似《武陵春》那样"欲语泪先流",但通篇都笼罩着一片淡淡的闲愁。笔调和舒平缓,不作惊人之笔,也没有强烈的感情波澜,貌似平淡索然,但反复品诵,却很耐人寻味。

——山西教育出版社《李清照诗词评注》

平慧善

本词为病后所作,写的是病后初愈的日常生活。上片写晚上。词人久病坐起,发现形容顿减。"卧看残月上窗纱",表现了疗养者的静观之趣。以豆蔻熟水疗疾代茶,也恰是词人病榻生涯的写照。下片写白天,病中闲日,枕上阅诗书解闷,又欣赏门前细雨飘香的景色,"雨来佳",表现出天气炎热,秋雨送爽的喜悦心情。"桂花"三四句移情入景,透露出病后生机。本词明白如话,自然浑成。

——巴蜀书社《李清照诗文词选译》

王思宇

　　清照当宋室南渡之后，丈夫病死，孤身漂泊于杭州……所作多危苦之词。或许由于久病初愈，使人欣慰吧，此词格调轻快，心境怡然自得，与同时其他作品很不相同。通篇全用白描，语言朴素自然，读来情味深长，有如词中赞美的木犀一样酝藉有致。

——上海辞书出版社《唐宋词鉴赏辞典（唐·五代·北宋）》

摊破浣溪沙①

【原　文】

　　揉破黄金万点轻②，剪成碧玉叶层层③。风度精神如彦辅④，太鲜明⑤。　　梅蕊重重何俗甚⑥，丁香千结苦粗生⑦。熏透愁人千里梦，却无情⑧。

注　释

❶摊破浣溪沙：此首之写作时空同于前首，略有不同的是前一首写于桂花尚未开放之日，而这一首则写于金桂怒放、馨香馥郁之时。此二首虽为同调，但其时作者的心态却有所不同：写前一首时，词人尚未完全摆脱病患的困扰，其着眼点除了病榻、药盏、"枕上诗书"，就是其房前屋后的"木犀花"；写这一首时，词人的"病"已痊愈，其情思又回到忧国伤时之中。词的描写对象仍然是其即目可见的桂花，但经过词人的巧妙构思和多种比拟，最终寄托的是她深沉的乡国之思。

❷黄金：此处以之喻指桂花。桂之本名曰木犀，别称桂花，亦称丹桂、岩桂、九里香等。原产我国，久经栽培，桂花的变种很多，以色泽归类，又分为金桂、银桂等。这里以"黄金"比喻桂花，所咏自然是"金桂"。

❸碧玉：这里以青绿色的玉石比喻金桂之叶。层层：进一步比喻，以更似桂叶。

❹风度精神如彦辅：此句与前一首的"终日向人多酝藉"之句，均系将桂拟

人化,前一首将其比喻为汉朝的薛广德,这里则比喻为西晋的乐广。薛广德和乐广都是雅量高致、气度不凡的正人君子,看来李清照是崇尚这种人格的。彦辅:西晋乐广,字彦辅。《晋书·乐广传》谓其"性冲约,有远识。寡嗜欲,与物无竞。……广与王衍俱宅心事外,名重于时。故天下言风流者,谓王、乐为称首焉"。

❺太鲜明:《花草粹编》卷四作"大鲜明"。在古代"大"通"太""泰"。《说文释例》曰:"古只作'大',不作'太',亦不作'泰'……"比如《易》之"大极"、《春秋》之"大子",后人皆读为"太"。在此词中,清照或缘此古例,故"太""大"相通。此句是此词的难点之一,也是现存整个《漱玉词》的难点之一,或因此故,竟有不少选注本乃至辑注本不予收录,即使收录,则极少为此句作注,而关于此句的罕见之注释或析文,又不无可议之点:其一,"太"字不宜训为"过分",而宜作"很""极"讲,意谓桂花的"风度精神"与乐彦辅极为相像。鲜明,此处宜训作分明、确定之义。"鲜"字,《世说新语·品藻》作"解",《晋书·刘隗传》作"鲜",宜从《晋书》;其二,一说"太鲜明"指对王衍(字夷甫)的贬抑,意谓王衍之"风度精神"与桂花大不相同,即《世说新语·品藻》所云:"刘令言始入洛,见诸名士而叹曰:'王夷甫太解明,乐彦辅我所敬。'"此说虽求之甚深,但李清照之用典多有隐秘深邃之处,故此说或可成立。

❻梅蕊重重何俗甚:此句是此首的又一难点,其难不在于此句本身,而在于它与词人以往对梅的情感和评价相左。或许是出于对李清照的景仰,有人以为在她的作品中不可能有自相矛盾之处,如果承认了此首此句,岂不等于否定了她先前关于梅的那许多脍炙人口之作?持这种看法的《漱玉词》辑注者,为了不让"一马勺坏一锅",情愿把这一首从《漱玉词》中剔除!其实这里的问题主要出在用上述极其简单的形式逻辑方法,来认识和看待极为复杂、灵活多变的创作和审美问题,从而出现了类似于杞人忧天之想。《漱玉词》中有涉于梅的词作虽不下十来首,但真正称得上咏梅的,也就是《渔家傲》(雪里已知)、《玉楼春》(红酥肯放)、《孤雁儿》(藤床纸帐)等。孤立地看《渔家傲》的"此花不与群花比",仿佛对梅的评价无与伦比,但如果对比一下,她在稍后所写的

《鹧鸪天》（暗淡轻黄）中，把桂称为"自是花中第一流"，岂不已经高过了她对梅的评价！再联系她先后所写的现存三首地地道道的咏桂词，哪一首比咏梅之什的分量轻呢？对于梅，她着重于外形的描写，而对于桂，则处处着眼于其内在美的揭示，二者对比，在清照的心目中，梅和桂孰轻孰重，不言而喻。尽管这样，也不能认为"何俗甚"，就是把梅看得俗不可耐、一无是处，而应作如是解：梅只注重于外形，它那重重叠叠的花瓣，就像一个只会打扮的女子，假如不具备内在之美，会使人感到很俗气，而桂花虽然没有像梅花那样娇艳重叠的花瓣，但那金光灿烂的色彩和碧玉般的层层绿叶，其"风度精神"就像古代名士乐广和王衍一样"风流"飘逸，"名重于时"。总之，在这里只是为了扬桂而抑梅，并非出于其对梅的厌恶，这是文学创作的辩证法！对此句从审美意义上亦可做出合理解释：审美的对象特征和作者的心态大都是对应同构关系。词人的心态既随着外界事物的变化，常常处在悲喜交替或交并的状态，那么其审美意识、审美情趣也会随之变更和发展。特别是像清照这样多情而敏感的作者，其审美判断必然是灵活多变的。

❼丁香千结：语出毛文锡《更漏子》："庭下丁香千结。"苦（gǔ）粗生：张相《诗词曲语辞汇释》卷二谓："苦粗生，犹云太粗生，亦甚辞。"苦粗，当作不舒展、低俗而不可爱的意思。这里是以丁香的粗俗小气来衬托金桂的高雅大度。

❽"熏透"二句：意谓桂花的浓香把词人熏醒使其不得梦游故国故家，从而责怪其没有家国之情。至此人们便可明了：词人贬抑梅蕊、丁香也罢，埋怨桂之浓香也罢，均为宛转道出其浓重的家国之情，原来她是担心浓香熏得游人醉，错把杭州作汴州！又因当时的词学观念和清照本人词"别是一家"的主张，其家国情愫不能径直写进"小歌词"，必须想方设法进行"软化"处理，以将爱国情怀——这种原属于诗的情思深藏在"小歌词"里。

选评

周振甫

这首词，上片是比喻，用了三个比喻，最后用人来比，显出对桂花的赞赏。

这三个比喻有创造性。下片写桂花香，用梅花和丁香来比，起到过渡和陪衬作用。

——齐鲁书社《李清照词鉴赏》

祝诚

这首《摊破浣溪沙》也是咏桂词，同样给以超乎梅花的评价。这甚至令人对其是否系清照所作产生怀疑。（见黄墨谷《重辑李清照集》）其实，同一词人在不同的时刻，不同的场合，对同一事物给以不同乃至相反的评价，并无不可，"此亦一是非，彼亦一是非"也。反之，如若只准此词人有一种单一的固定不变的审美意识、审美情趣、审美判断，稍加变化便疑为伪作，这对已故词人意味着什么呢？我以为，这首《摊破浣溪沙》咏桂词，正是易安从一个全新的视角出发，给予桂花以全新的观照和透视，从而发掘出了桂花的"风度精神"，进而体现了女词人独具特色的审美观念。……所以女词人在篇末以"却无情"三字煞尾，顿时使人对此词何以一概贬斥梅、桂、丁香有了最后的答案：原来这种种花木都不仅不能排遣词人的忧思，反而更加搅动了她的满腹闲愁！看来，此词大起大落、大开大合、大扬大抑的艺术格局当与词人那种多情善感的心理特征和灵活多变的审美意识恐不无关联。

——巴蜀书社《李清照作品赏析集》

侯健　吕智敏

在词人的笔下，梅花是俗气的，丁香也嫌太粗劣。极力贬斥梅花和丁香的目的，无非是作对比反衬，这不但再一次从侧面赞美了桂花的风貌品性，还使得笔法、格调变幻有致。"何俗甚""苦粗生"句中的慨叹语气造成了极强的反衬效果，不但使桂花的形象更加鲜明突出，而且赋予其"风度精神"以更丰富、更深刻的内涵——儒雅高贵、精粹细腻，因而，使桂花的形象更加丰满了。全词的重笔落在结句"熏透愁人千里梦，却无情"上，极写桂花之浓香。词人言其能熏透、潜入愁人的睡梦之中，把梦游千里、思亲怀乡的愁人熏醒，这种带有夸张的想象可谓将桂花之香写透写绝，但词人的笔致又是回环婉转的，她责怪桂花把愁人从神游的美梦中熏醒是"太无情",似乎是在贬抑桂花,其实不然,词人的用意是在故作反语中显示出桂花使人消魂摄魄的强烈魅力,以曲笔的手段进一步赞颂桂花芳馨的品格,于咏物中寄托了自己的情操与志趣。

——山西教育出版社《李清照诗词评注》

武陵春①

【原 文】

春晚

风住尘香花已尽,日晚倦梳头②。物是人非事事休,欲语泪先流③。　闻说双溪春尚好,也拟泛轻舟④。只恐双溪舴艋舟⑤,载不动、许多愁⑥。

【注 释】

❶武陵春:又名《武林春》《花想容》。此词尝被列为"别体",其比被视为正体的毛滂词之结拍多出一字。正在金华避难的李清照选取《武陵春》为调名填词,这是独具匠心的。当年她与丈夫屏居青州,在一定意义上也是避难,所以她曾把赵明诚称为"武陵人"。"武陵"二字,本来就有着丰富而深刻的文化内涵,稔悉陶潜诗文的李清照一触及"武陵"二字,自然会想到其所含的"避难"之意。就词调而言,此首基本可以算作本意词。在前文《好事近》中,尚暗含嫠妇之忧,而在丈夫去世已经五年,又经历了一场再嫁风波的李清照,已不再把嫠妇之愁作为隐秘之事。况且在她与后夫离异后,愈是表现出对其前夫的思念,也就愈能说明对那个无赖小人张汝舟的轻蔑。此首词之作或许正是这样一种心理状态的外化。虽不宜断言此词中毫无家国之忧,但主要当是表达嫠妇之愁。近三十年来,对此词的评注不同于对《漱主词》中其他作品的"时有

妄断",对此词极少有很离谱的说法。原因是根据李清照《打马图序》后所署写作时间为"绍兴四年十一月二十有四日",此词遂可系于次年春,即绍兴五年五月前后所作。又因词中有地名"双溪",便可断定作于今之浙江金华。

❷"风住"二句:其中的"花"与《漱玉词》中所涉及的诸多花事类似,大都作为主人公心态的物化或生命状态的象征。此二句意谓:昔日的花容月貌今日已变成护花之春泥,所以日上三竿(日晚)连头发都懒得梳理一下。

❸"物是"二句:此二句紧承前意,将上文的凄婉之情以劲直之语出之。原因是开头一、二句含有"难尽"之意:"风住"既指自然现象,又有象征意味。接踵而来的政治、婚姻风波虽然停息了,但人生的希望也随之破灭了。所以"物是人非事事休"除含有浓重的嫠纬之忧以外,当还有这样一些寓意:经过与后夫的一段纠葛,词人更加思念她的前夫。他的遗著《金石录》还在,但人事俱非,心里有多少事,不等说出就泪流满面。

❹"闻说"二句:此二句意谓:生活中常常有物极必反之事,愁苦已极的人往往更向往美好、追求欢娱以解脱困境。此处对"尚好"春光的向往、对双溪泛舟的拟想,抑或正是这种心态的外化。双溪:水名,在今浙江金华城南,自宋迄今为当地名胜,因汇合东阳、永康二水,故名双溪。对于"双溪"所在地的考证,中华书局上海编辑所编辑《李清照集》(1962年版)最为翔实可信,这里谨取其成说。

❺舴艋(zéměng)舟:小船,形似蚱蜢。语见张志和《渔父》。

❻载不动、许多愁:苏轼《虞美人》"无情汴水自东流,只载一船离恨、向西州"二句,当系首开"以舟船载愁"的先例,李清照对此似有所借取。但这类佳句更是她描述切身生活体验和"转益多师"学习、借鉴的结晶:没有李清照所亲身遭受的党争株连、兵燹战乱、丧偶流寓、"颁金"之诬、再嫁离异、诉讼系狱等人生忧患,其愁思就没有这么重的分量;如果她不学习借鉴李煜、秦观、贺铸等喻愁之名家名句,如何能写出这般创意出新之句?愁苦好学,然没有亲历李清照那么多苦难的人,即使像董解元、王实甫那样的名家,其同类语句,不仅未能给人留下多么深刻的印象,反倒有某种效颦之嫌。

选评

明·沈际飞

与"载取暮愁归去"相反,与"遮不断愁来路""流不到楚江东"相似,分帜词坛,孰辨雄雌?

——《草堂诗余正集》

明·杨慎

张元幹《谒金门》词云"载取暮愁归去,愁来无着处",从此翻出。

——批点《草堂诗余》

明·董其昌

物是人非,睹物宁不伤感!

——《便读草堂诗余》

明·李攀龙

未语先泪,此怨莫能载矣。……景物尚如旧,人情不似初。言之于邑,不觉泪下。

——《草堂诗余隽》

明·陆云龙

愁如海。

——《词菁》

清·王士禛

"载不动、许多愁"与"载取暮愁归去""只载一船离恨,向西州"正可互观。"双桨别离船,驾起一天烦恼",不免径露矣。

——《花草蒙拾》

清·吴衡照

易安《武陵春》，其作于祭湖州以后欤？悲深婉笃，犹令人感伉俪之重。叶文庄乃谓语言文字诚所谓不祥之具，遗讥千古者矣，不察之论也。

——《莲子居词话》

清·俞正燮

居金华，有《武陵春》词曰："风住尘香花已尽……载不动、许多愁。"流寓有故乡之思。其事非闺闱文笔自记者莫能知。

——《癸巳类稿·易安居士事辑》

清·陈廷焯

又凄婉，又劲直。观此益信易安无再适张汝舟事。即风人"岂不尔思""畏人之多言"意也。

——《白雨斋词话》

平慧善

此词作于绍兴五年（1135年）避乱金华时。第一句截取"风住尘香"的场面表现春尽，眼前的景色与词人的厄运相似，美好的春色被恶风扫荡无余，幸福的生活被战乱全部断送。第二句含蓄地表现了女词人情绪的恶劣。三、四句则是纵笔直抒胸臆，以极其精炼的语言高度概括了自己悲苦的心情。景物依旧，人事全非，这是一切愁苦的缘由，因此以"事事休"来表现自己的心理状态。接着又以"欲语泪先流"这一外部形象来表现无法倾诉的内心痛楚。下阕宕开，写泛舟春游的打算，然后又转到"愁"。"只恐双溪舴艋舟，载不动、许多愁"，将无形的愁化为有分量的形象，是传诵千古的名句。全词"欲""先""闻说""也拟""只恐"几个虚字用得极好，将事物间的关系，词人思想感情的转折变化，十分准确而又传神地表现出来。

——巴蜀书社《李清照诗文词选译》

黄盛璋

今案浙江双溪有五：一在新登，见《咸淳临安志》，两在余杭，见《图书集成》杭州府与《清嘉庆一统志》杭州府下，一在绍兴，即今县南之双溪，一在金华，见《光绪修金华县志》。余杭、绍兴宋志见存，其中皆无双溪，新登双溪虽见于宋志，但非名胜，金华无宋志，但这个双溪见于很多文人题咏中。在宋代即以风景著称的只有金华的双溪，与清照同时诗人如林季中、梁安世都有歌咏金华双溪的诗（详《光绪金华县志》附录），在清照稍后的袁桷《清容居士集》有《怀双溪》诗，楼钥《攻媿集》也有记游金华双溪的事，都可为证。溪在丽泽祠前，可以泛舟，迄今仍为名胜。清照词中的双溪，可以肯定即此，其词即作于金华，非绍兴，亦非余杭。

——中华书局《李清照集》

熊志庭

这首词作于绍兴五年（1135）。历代词评家往往把此词与李清照再适张汝舟事联系起来，明叶盛甚至有"文叔不幸有此女，德夫不幸有此妇。其语言文字，所谓不祥之具，遗讥千古者矣"之论（见《水东日记》卷二十一）。李清照再嫁与否的是是非非，其实与本词关系不大。梁启超认定此词为"感愤时事之作"，似超脱再嫁事，确为的论。本词作于词人晚年，词人其时避乱金华，流落异地，满目凄凉，无限悲愁，都从中出。词以晚春景致落笔，实寓以自己的身世厄运，尘香花尽，也正是词人自己的写照。全词以抒写主观感受为主，故境界凄婉劲直，动人悲怨之怀。末句更发奇想，将无形而抽象的愁怨化为可感觉的形象，写得准确而传神。

——朝华出版社《中国文学宝库·唐宋词精华分卷》

唐圭璋

此为绍兴五年，清照在金华时作，通首血泪交织，令人不堪卒读。首写花事阑珊，极目生愁，继写日高懒起，无心梳洗。下二句尤沉痛，人亡物在，睹物怀人，重重往事，不堪回首，千言万语，无从说起。下片写内心活动，正是

"肠一日为九回"。"闻说"只是从旁人口中说出，可见自己则整日独处，无以为欢。"尚"字说明双溪犹有残春可赏。"也拟"是心中一霎凝思，欲往一游；"只恐"则直道心情沉哀，无法排遣，虚字转折传神，顿挫有致，如见其人，如闻其声。

——上海古籍出版社《词学论丛·读李清照词札记》

转调满庭芳①

【原 文】

　　芳草池塘，绿阴庭院，晚晴寒透窗纱②。□□金锁，管是客来吵③。寂寞尊前席上，惟□、海角天涯④。能留否，酴醾落尽⑤，犹赖有□□。　　当年，曾胜赏，生香薰袖，活火分茶⑥。□□□龙骄马，流水轻车⑦。不怕风狂雨骤，恰才称、煮酒残花⑧。如今也，不成怀抱，得似旧时那⑨。

注 释

❶转调满庭芳：《乐府雅词》拾遗上、《全宋词》，均收载刘焘（字无言）首句作"风急霜浓"一词，此词改平韵《满庭芳》为仄韵，名《转调满庭芳》。至于何谓"转调"，据吴熊和《唐宋词通论》（浙江古籍出版社 1985 年版）云："转调又称转声（现在称为移调），是与本调相对而言。戴埴《鼠璞》：'今之乐章，至不足道，犹有正调，转调。'张元幹《鹊桥仙》词：'更低唱，新翻转调。'转调从音乐上说，就是转变本调的宫调，即所谓'移宫换羽'。本调一经转调，就犹如一个'新翻'之曲，不能再和本调相混。词调中的转调，大致有三种情况。一是转换宫调，并不变动字句。《词谱》卷十三沈会宗《转调蝶恋花》调下注：'转调者，移宫换羽，转入别调也。字句虽同，音律自异。'如李清照《转调满庭芳》，沈蔚《转调蝶恋花》，字句与本调全同。一是转换宫调，同时变动字句。《词谱》卷十三曾觌《转调踏莎行》调下注：'转调者，摊破句法，添入衬字，转换宫调，自成新

声耳．'如张先《转调虞美人》，黄庭坚《转调丑奴儿》，徐伸《转调二郎神》，陈亮《转调踏莎行》，曹勋《转调选冠子》，金王喆《转调斗鹌鹑》，侯善渊《转调采桂枝》，王吉昌《转调木兰花》，字句都对本调有所变动。一是转换宫调，字句不变而叶韵变动。如《贺圣朝》本调叶仄韵，《花草粹编》卷四引《古今词话》无名氏《转调贺圣朝》，即改仄韵为平韵。《满庭芳》本调叶平韵，《乐府雅词》拾遗上刘焘《转调满庭芳》，即改仄韵。周邦彦《意难忘》：'知音见说无双，解移宫换羽，未怕周郎。'宋人好新声变律，移宫换羽就是其主要方式。词调的变体，遂亦以转调为最多。柳永《乐章集》、张先《张子野词》中，同名词调往往分隶不同宫调，其间即有正调、转调之分。不过《乐章集》《张子野词》并未标明，因此何者为本调，何者为转调，难以分辨。《碧鸡漫志》卷三至卷五考证曲调源流，谈到唐宋乐曲很多转调的情况，但何者为本曲，当时已不能尽知，如《荔枝香》'今歇指、大石两调，皆有近拍，不知何者为本曲．'转调又名'过腔'。晁补之《晁氏琴趣外篇》卷一《消息》，自注：'自过腔，即越调《永遇乐》．'《永遇乐》一调，《乐章集》注歇指调，晁补之过腔为越调，改名《消息》。过腔又名'鬲指'。姜夔《湘月》自注：'予度此曲，即《念奴娇》之鬲指声也，于双调中吹之。鬲指今谓之过腔．'《念奴娇》本大石调，姜夔转入商调，中隔高大石调，于管色中隔一指，故称'鬲指'。宋词运用转调，对后来的南北曲也有影响，《词谱》卷十三陈亮《转调踏莎行》调下注：'宋人精于音律，凡遇旧腔，往往随心增损，自成新声。如元人度曲，或借宋人词调偷声添字，名为过曲者，其源实出于此．'"总之，李清照此词称之为"转调"，不是表现在由平韵转仄韵。对比她的《满庭芳》（小阁藏春）来说，如果此首属宫调，那么"芳草池塘"则转为商调，故称为"转调满庭芳"。

❷"芳草"三句：意谓心境孤寂，纵环境幽雅、天气晴好，仍觉寒气逼人。

❸管是客来吵：准是客来了。吵（shā），口语，表语气，与"啊"略同。

❹海角天涯：犹天涯海角。本指僻远之地，如今之海南三亚有一名胜曰"天涯海角"。李清照未曾过海远渡，其晚年只在两浙流寓，后定居杭州二十余年，直至逝世，故其实际行踪谈不上什么"山高水远""海角天涯"，况且此首所写之"芳草池塘""绿阴庭院"云云，当非他处，实系杭州西湖一带。其之所以谓之"海角

天涯""寒透窗纱",一则当指"心理"距离和感受,意类"甜言美语三冬暖,恶语伤人六月寒"是也;二则当指"社会政治"距离,李清照内心所向往和亲近的是故都汴京,今居杭州,远离汴梁,故谓之"海角天涯";三则当指"情感"距离,当时的苟安之辈称临安为"销金锅儿",此辈以临安为"安乐窝",极尽享乐之能事,而李清照面对半壁江山,为之不胜忧戚,更感"寂寞",忧愁流年。

❺酴醾(túmí):落叶灌木,初夏开白色花。"酴醾落尽"意谓春天业已远去,又带走自己一分归乡还都之望。

❻活火分茶:苏轼《汲江煎茶诗》:"活水还须活火烹,自临钓石取深清。"这里"活水"指流动的水,而"活火"即指旺火。分茶,见前《摊破浣溪沙》(病起萧萧)注。

❼流水轻车:犹轻车熟路,此处以之比喻习以为常之事。

❽"不怕"三句:当紧承前意,谓当年曾尽情享受生活,时至晚春亦不以为意。

❾"如今"三句:意谓眼下已经国破家亡,心情十分沉重,与从前那种无忧无虑的光景不可同日而语。

选 评

王学初

《转调满庭芳》,宋词常有于调名上加"转调"二字者,如《转调蝶恋花》《转调二郎神》《转调丑奴儿》《转调踏莎行》《转调贺圣朝》等等(元曲中亦有《转调货郎儿》),今人吴藕汀所编《调名索引》,尚未遍收。《词谱》卷十三释《转调踏莎行》云:"转调者,摊破句法,添入衬字,转换宫调,自成新声耳。"此说未全确。据现在所能见之"转调"各词,并不全摊破句法、添入衬字,《词谱》盖未深考(《词律》对"转调"二字无说)。今按戴埴《鼠璞》云:"今之乐章,至不足道,犹有正调、转调、大曲、小曲之异。"张元幹《鹊桥仙》词云:"更低唱、新翻转调。"《鼠璞》以"转调"与"正调"对立并举,盖非其正调者,即为"转调",如《蝶恋花》原入商调,为正调;如入其他宫调,则为"转调"。"转调"非官调名称也。又各词标有"转调"之称者，各书征引其词，有时亦无此二字，如徐伸《转调二郎神》（据《乐府雅词拾遗》卷上、《挥麈余话》卷二、《张氏拙轩集》卷五），《唐宋诸贤绝妙词选》卷八则仅作《二郎神》；黄庭坚《山谷琴趣外篇》卷一有《转调丑奴儿》，明刻祠堂本《豫章黄先生词》则仅作《丑奴儿》；张孝祥《于湖先生长短句》中《南歌子》，目录上所注官调名称曰"转调"（转调实非官调名称）。盖"转调"二字，并不构成调名一部分，仅以别于非"转调"之词而已。张孝祥《于湖居士文集》卷三十一有《转调二郎神》《二郎神》二首并列，盖亦此意。宋人常称之《商调蝶恋花》《越调水龙吟》《黄钟喜迁莺》等，其调名上所冠之官调名称，亦非调名本身之构成部分也。《满庭芳》调，据周邦彦《片玉集》卷四，乃"中吕"（殆为"中吕官"），李清照之《转调满庭芳》属何官调，无可考。

——人民文学出版社《李清照集校注》

黄墨谷

此词仅见《乐府雅词》，系怀京洛旧事之作。脱文较多，《四库全书》本《乐府雅词》妄为缀补，不可从。"晚晴寒透窗纱"句"晴"字；"恰才称煮酒残花"句"残"字：恐均系误文。

——中华书局《重辑李清照集》

侯健　吕智敏

这结尾处的三句与前七句形成了鲜明强烈的对比，而对比双方句首冠之以"当年"与"如今"，更显出了今昔的天壤之别。词人运用这严重失却平衡的对比，有力地表现出自己身家遭涂炭，苟活于人间之时心灵所受到的震颤，具有极强的感染力量。从全词的布局上看，上下两片都是以问句煞尾，且于问句中又含而不露地暗示了否定的答案——战乱中颠沛流离的亲朋是不能留下来的，自己如今的生活与心境也再不能似旧时那样了！这两个问句遥相呼应，不但造成了结构上的和谐完美，也令人感到一种隽永的余味。

——山西教育出版社《李清照诗词评注》

漱玉词

长寿乐①

【原 文】

南昌生日

微寒应候。望日边、六叶阶蓂初秀②。爱景欲挂扶桑③，漏残银箭，杓回摇斗④。庆高闳此际⑤，掌上一颗明珠剖⑥。有令容淑质⑦，归逢佳偶⑧。到如今，昼锦满堂贵胄⑨。　　荣耀，文步紫禁⑩，一一金章绿绶⑪。更值棠棣连阴⑫，虎符熊轼⑬，夹河分守⑭。况青云咫尺⑮，朝暮重入承明后⑯。看彩衣争献⑰、兰羞玉酎⑱。祝千龄，借指松椿比寿⑲。

注 释

❶长寿乐：此调始见于《乐章集》，系柳永所创，共二首。其一之首句作"尤红殢翠"者，《词律》《词谱》以其为正体，双调，113字，上片十句六仄韵，下片十句七仄韵。另一首句作"繁红嫩翠"者，《词谱》以其为别体，双调，113字，上片十一句五仄韵，下片十一句六仄韵。李清照此首双调，113字，上片十一句（57字）六仄韵，下片十一句（56字）五仄韵，与上述二首均有所不同，可称为又一体。南昌：一说指绍兴三年奉命使金的尚书礼部侍郎韩肖胄之母。南昌是她的封号。

❷"微寒应候"二句：意谓寿星南昌生于初六日。蓂（míng）：即蓂英，传说中的一种瑞草。《白虎通·论符瑞之应》："蓂英者，树名也，月一日一英生，十五日毕；至十六日一英去。故夹阶而生，以明日月也。"

❸"爱景"句：意谓旭日东升。爱景：冬日之光。扶桑：神话中的树木名。传说日出其下。

❹杓回摇斗：意谓斗柄东回，春天来到。杓（biāo），北斗第五、六、七颗星的名称。又称斗柄。

❺高闳：高门。这是指名门望族。

❻剖：本义为破开，这里指出生。

❼令容淑质：美好的容貌，善良的品格。

❽归逢佳偶：嫁了个好夫君。古代女子出嫁称"归"。

❾昼锦：意谓显贵还乡。《汉书·项籍传》："富贵不归故乡，如衣锦夜行。"宋韩琦有"昼锦堂"，云"富贵而归故乡"。详见欧阳修《相州昼锦堂记》。

❿紫禁：以紫微星垣比喻皇帝的居处，故称皇宫为紫禁。《文选·谢庄〈宋孝武宣贵妃诔〉》："掩彩瑶光，收华紫禁。"李善注："王者之宫，以象紫微，故谓宫中为紫禁。"

⓫"一一"句：意谓都是高官。金章：以金为印章。绿绶：指系印柄的绿色丝带。此处以用物代指高官。

⓬棠棣连阴：意谓兄弟有惠政。棠棣，指兄弟。连阴，《诗·召南·甘棠》谓周时召伯巡行南国，曾在甘棠树阴下听讼断案，后人思之，不忍伐其树。

⓭虎符：铜铸的虎形兵符，背有铭文。作为古代调兵遣将的信物，分为两半，右半留京师，左半授予统兵将帅或地方官吏。调兵时由使臣持符验合方能生效。（见《史记·信陵君列传》）熊轼：作伏熊形的车前横轼。后用以指公卿和地方长官。（见《后汉书·舆服志上》）

⓮夹河分守：意谓寿星南昌有二子皆为郡守。《汉书·杜周传》："始周为廷史，有一马。及久任事，列三公，而两子夹河为郡守，家訾累巨万矣。"

⓯青云咫尺：意谓不久即可高升。详见《史记·范雎列传》。咫，古代长度名，合今六市寸余。

❶承明：原为著述之所（见班固《西都赋》），此处言南昌二子不久将成为皇帝身边的高官。

❷"看彩衣"句：此处指子为母祝寿。彩衣：原指春秋时老莱子着彩衣娱亲（见《艺文类聚》卷二十引《列女传》、《太平御览》卷四一三引《孝子传》）。

❸兰羞：指香美的食品。玉酎（zhòu）：指复酿的醇美之酒。

❹松椿比寿：祝寿之辞（见《诗·小雅·天保》）。《诗序》谓《天保》篇："下报上也。"意谓群臣为君主祝福，其中有"如松柏之茂"等祝辞。又《庄子·逍遥游》有以大椿比岁之句。此处均有所取意。

选 评

王学初

此首原题撰人为易安夫人，宋人未见有以此呼清照者，未知有误否？《翰墨大全》有延安夫人、易少夫人，俱仅一字之异。

——人民文学出版社《李清照集校注》

徐北文

元《截江网》卷六收录本词，以其为"易安夫人"之作，因为宋人未有称李清照为"易安夫人"者，且从内容和格调上看，亦不似李清照词作，只能存疑待考。……在艺术技巧上，该词有如下特色：一、委婉含蓄。作者用"爱景"，暗示出生季节是冬天；用"杓回摇斗"，斗柄欲东指，进而点出出生季节是春天即将来临之时，即冬末；用"六叶阶蓂初秀"，点示出生日是在冬末月初六；用"欲挂扶桑""漏残银箭"，点出出生时辰是在太阳将出来的时候。隐而不露，耐人咀嚼。二、比喻生动、形象。用"掌上一颗明珠"，比喻贵妇人曾倍受父母钟爱；用"松椿"树龄之长，比喻贵妇人寿命之长；用"青云"比喻官位显赫。这些比喻甚为恰切、生鲜，至今仍有"掌上明珠""寿比南山不老松""青云直上"之语常为人所喜用。三、"昼锦""金章绿绶"等典故的运用，既典雅酝藉，又丰富了词的内涵。

——济南出版社《李清照全集评注》

侯健　吕智敏

　　这是一首寿词。从上片所写的内容看，寿者可能是皇族中的一位贵妇。词首先回忆寿者出生的季节、日期、时令，接着交代了寿者"掌上明珠"的身分，"令容淑质"的品貌以及"归逢佳偶""到如今昼锦满堂贵胄"的身家地位。下片进一步写贵妇家门子弟的高官显爵、荣耀权势。结尾借比松椿，向贵妇殷勤致以祝寿之意。从内容风格看，写得比较庸俗迂腐，多是荣华富贵之滥调，不类易安其他词作。今作存疑词注出。

——山西教育出版社《李清照诗词评注》

永遇乐①

【原文】

元宵

落日熔金，暮云合璧，人在何处②。染柳烟浓，吹梅笛怨③，春意知几许。元宵佳节，融和天气，次第岂无风雨④。来相召、香车宝马⑤，谢他酒朋诗侣⑥。　　中州盛日⑦，闺门多暇，记得偏重三五⑧。铺翠冠儿，捻金雪柳⑨，簇带争济楚⑩。如今憔悴，风鬟霜鬓，怕见夜间出去。不如向、帘儿底下，听人笑语⑪。

注 释

❶永遇乐：又名《永遇乐慢》《消息》。此调始见于柳永《乐章集》，而《词谱》卷三二以苏轼"明月如霜"一首为正体。李清照此首之立意，对苏轼同调词"燕子楼空，佳人何在，空锁楼中燕"和晁补之同调词"回首帝乡何处"等似有化用，又从或反或转的意义上有所借取。从词史上看，李清照的这首《永遇乐》与辛弃疾同调词"千古江山"各有千秋，均堪称"压调"之作。主张词"别是一家"的李清照，其诗、词的题材和题旨曾经迥异其趣，但是时届晚年，此种情况却有很大改变，即在其晚年词中，对"中州"等所代表的故国的怀念，随时可见，此首就是这方面的代表作。其问世之后，曾得到各种人，尤其是热

血人士的赞许和共鸣。张端义云："（易安居士李氏）南渡以来，常怀京洛旧事。晚年赋《元宵·永遇乐》词云'落日熔金，暮云合璧'，已自工致。至于'染柳烟浓，吹梅笛怨，春意知几许'，气象更好。后叠云'于今憔悴，风鬟霜鬓，怕见夜间出去'，皆以寻常语度入音律。炼句精巧则易，平淡入调者难。"（《贵耳集》卷上）刘辰翁云："余自乙亥上元诵李易安《永遇乐》，为之涕下。今三年矣，每闻此词，辄不自堪，遂依其声，又托之易安自喻，虽辞情不及，而悲苦过之。"（《须溪词》卷二）这两段话，分别从艺术性和思想性两方面，对此词进行了充分肯定和崇高评价，且均为中肯之言。此首词的写作特点，既是人们常说的今昔对比，又并非那种简单对比，不仅是一幅浓缩的社会、人生图画，更是一部内涵丰富的人物心灵史的艺术外化。

❷"落日"三句：前二句似隐括江淹《拟休上人怨别诗》"日暮碧云合，佳人殊未来"和廖世美《好事近》"落日水熔金，天淡暮烟凝碧"之句意，谓落日像熔化了的金子一般绚丽璀璨，暮色中飘浮的云彩聚拢在一起，宛如珠联璧合。对于第三句的"人在何处"，常见的有两种理解：一是承上文，谓景色依旧，"人"系作者自指；二是指作者前夫赵明诚，意谓与其有泉路之隔。看来前一种说法比较接近原意，即作者自言自语地说："我这是在哪里呢？"

❸"吹梅"句：梅，指乐曲《梅花落》，用笛子吹奏此曲，其声哀怨。

❹"次第"句：接续上二句，意谓别看今年元宵节天气这么好，转眼恐有风雨来临！此处之字面是讲天气，实系人世感喟，含有一定的哲理和人生体验：大至宋朝社会，已由盛而衰；中如赵、李两族，已家破人亡；小到自身，曾几何时，待字汴京，才名轰动，令多少人倾慕不已，如今已变成了一个只身漂流的"闾阎嫠妇"！总之，天气也罢，人事也罢，都那么变化无常。次第：进展之词，即转眼的意思。

❺香车宝马：这里指贵族妇女所乘坐的雕镂工致、装饰华美的车驾。

❻谢他酒朋诗侣：此句紧承前二句，当含有一定的嘲讽意味：国家已经快要到了山河破碎雨打萍的境地，"酒朋诗侣"们却把杭州作汴州，香车宝马，仪从阗绰，依然寻欢作乐。词人谢绝了召邀，可见其不同于那些醉生梦死之人，其精神品位、思想境界之高，亦可见一斑。倘若联系清照现已考知的某些"社会

关系",似可进一步推知这一"酒朋诗侣"的大致面貌。笔者将此首系于绍兴十七年（1147），此系大致编年，在这前后的一段相当长的时期，正是秦桧与金人达成和议"有功"而为高宗宠信，"红"极一时。在朝政方面，李清照虽然没有发言权，但她的实际思想立场却属于那种反对议和最坚决的人物之一。她与秦桧一家既有姑表之亲，亦当有"酒朋诗侣"之谊，但眼下她绝不愿再同参与杀害岳飞的佞人来往，故加以"谢"绝！

❼中州：即中土、中原。这里指北宋的都城汴京，今河南开封。

❽"闺门"二句：前一句可能指词人未婚之时，大致是哲宗元符年间或稍后，那时她家境优越，"暇"不仅指有空余的时间，主要当指作者生活优裕，有那份闲心。词人出嫁不久，党争加剧，受到株连，曾一度离开汴京，即使再回京，心情也很不一样了。从十六七岁初到汴京，到二十岁前后，可以说是李清照一生中最美好的时光。此时的她，不管穿戴也好、气度也好，自然会压倒群芳。适逢佳节，锦上添花，着意打扮一番，一旦出现在灯火斑斓的市街上，曾有多少人交口称赏。三五：十五日。此处指元宵节。

❾铺翠冠儿：以翠羽装饰的帽子。雪柳：以素绢和银纸做成的头饰。此二句所列举的物件均为北宋元宵节妇女时髦的妆饰品。

❿簇带：簇，聚集之意。济楚：整齐、漂亮。簇带、济楚均为宋时方言，意谓头上所插戴的各种饰物。

⓫"不如向"三句：此三句当含有某种嘲讽之意。试想那些在灯红酒绿之中时时发出"笑语"的人，怎么会念及国家安危呢？当躲在帘儿底下的词人听到这种"笑语"时，内心该是多么酸楚！作者之所以谢绝"来相召"者和"怕见夜间出去"，并不是忧愁自然界的"风雨"，更不是自惭形秽，而是在江河日下之时所产生的一种难以名状的孤独感。过去对此句的解读多谓词人因其亲人的亡故，自己再无欢乐可言而只能"听人笑语"！其实这三句中的寓意不尽如此，它更向人暗示：此时发出欢声笑语的主要是不恤国难、不念恢复、大权在握的"主和派"及其随之飞升的家人亲属。精忠报国的岳飞等多被猜忌；为拯救高宗蒙难出了大力的张浚竟亦被罢；同样，功勋卓著的韩世忠，自知其主战不得君心，此时意欲远祸，于清寒中度其晚年；还有更多"主战"的元老重臣不是被

贬官、编管，就是主动退避……所以，"不如向、帘儿底下，听人笑语"所概括的也不尽是李清照一人因丧偶而产生的孤苦心情，其所隐含的当是"主和派"擅政时期忠荩之士噤若寒蝉、苟安求和之辈寻欢作乐的畸形现状。

选 评

宋·张端义

易安居士李氏，赵明诚之妻。《金石录》亦笔削其间。南渡以来，常怀京洛旧事。晚年赋《元宵·永遇乐》词云"落日熔金，暮云合璧"，已自工致。至于"染柳烟浓，吹梅笛怨，春意知几许"，气象更好。后叠云"于今憔悴，风鬟霜鬓，怕见夜间出去"，皆以寻常语度入音律。炼句精巧则易，平淡入调者难。

——《贵耳集》

宋·刘辰翁

余自乙亥上元诵李易安《永遇乐》，为之涕下。今三年矣，每闻此词，辄不自堪，遂依其声，又托之易安自喻，虽辞情不及，而悲苦过之。

——《须溪词》

宋·张炎

昔人咏节序，不惟不多，付之歌喉者，类是率俗，不过为应时纳祐之声耳。所谓清明"拆桐花烂漫"、端午"梅霖初歇"、七夕"炎光谢"，若律以词家调度，则皆未然。岂如美成《解语花》赋元夕云：……史邦卿《东风第一枝》赋立春云：……不独措辞精粹，又且见时序风物之感……至如李易安《永遇乐》云："不如向帘儿底下，听人笑语。"此词亦自不恶，而以俚词歌于坐花醉月之际，似乎击缶韶外，良可叹也。

——《词源》

清·纪昀等

张端义《贵耳集》极推其元宵词《永遇乐》、秋词《声声慢》，以为闺阁有此文笔，殆为间气，良非虚美。虽篇帙无多，固不能不宝而存之，为词家一大宗矣。

——《四库全书总目》

清·沈雄

李易安"被冷香消清梦觉，不许愁人不起"，又"于今憔悴，风鬟霜鬓，怕见夜间出去"，杨用修以其寻常言语，度入音律，殊为自然。

——《古今词话·词品》

唐圭璋

实则其《永遇乐》一词，亦富于爱国思想，后来刘辰翁读此词为之泪下，并以其声以清照自喻，可见其感人之深，而二人痛心亡国，怀念故都，先后亦如出一辙。……上片写首都临安之元宵现实，景色好，天气好，倾城赏灯，盛极一时，而已则暗伤亡国，无心往观。下片回忆当年汴都之元宵盛况，妇女多浓妆艳饰，出门观灯，转眼金兵侵入，风流云散，万户流离失所，残不可言。而已亦首如飞蓬，无心梳洗，再逢元宵佳节，更不思夜出赏灯，正是"良辰美景奈何天，赏心乐事谁家院"。最后，从听人笑语，反映一己之孤独悲哀，默默无言；吞声饮泣，实甚于放声痛哭。

——上海古籍出版社《词学论丛·读李清照词札记》

刘乃昌

此为李清照晚年所写元宵词，借流落江南孤身度过元宵佳节所产生的切身感受，寄托深沉的故国之思、今昔之感。开篇由佳节景象着笔，熔金、合璧、烟、柳、梅、笛，诸般物事烘染出一派"佳节""融和"气氛。中间插入"人在何处""岂无风雨"的闪念，体现出饱经沧桑者特有的忧虑心态。"来相召"二句，仍状节日人物之盛，谢却"酒朋诗侣"，则气氛陡转，跌入孤寂冷漠深渊。孤独中最易追怀往事,"中州盛日"六句,极写往年京华热闹欢乐,浓厚兴致。"如今"以下折转到当前,憔悴神态,寥落心理,与往昔形成强烈反差。末以藏身帘底听人笑语收结,无限凄楚,令人不堪卒读。全词以元宵为焦聚点展开纪叙,思路由今而昔再到今。今昔对比,以乐景写哀,以他人反衬,益增悲慨。无怪刘辰翁诵此词"为之涕下""辄不自堪"(《须溪词》卷二)也。

——岳麓书社《宋词三百首新编》

刘瑞莲

这首词不仅情感真切动人,语言也很质朴自然。……吴瞿安(梅)先生在《词学通论》中说:"大抵易安诸作,能疏俊而少沉着。即如《永遇乐》元宵词,人咸谓绝佳;此事感怀京洛,须有沉痛语方佳。词中如'于今憔悴,风鬟雾鬓,怕向花间重去',固是佳语,而上下文皆不称。上云'铺翠冠儿,捻金雪柳,簇带争济楚';下云'不如向帘儿底下,听人笑语',皆太质率,明者自能辨之。"我们认为,吴氏对李清照这首词的评语是不够公允的。相反,作者在这首词的下片中,无论是用当年在汴京赏灯过节来作今昔对比也好,还是用今天的游人的欢乐来反衬自己的处境也好,都能更好地刻划出诗人当前的凄凉心情。真是语似平淡而实沉痛已极。

——岳麓书社《中国古代诗歌欣赏》

冯其庸

李清照《永遇乐》云:"落日熔金,暮云合璧。""落日熔金",词意初看似隔,未能即时得其形象。一九七一年,予在江西余江县,居处在山冈上,四围皆松林。每当秋日傍晚,见西北一带,山色如翠黛,长空云霞万里似锦,倏然变化;尤令人神往者,当落日衔山,将下未下之时,其色鲜红莹明,远看恰似炼钢炉中烧红耀眼通明之钢块,因叹易安体物之切,捕捉形象之敏快也。又宋人诗"远烧入荒山",亦是此意。然此境须待山掩落日之后,则远处苍然起伏之山冈,其上部周延连绵一线,皆呈通明之胭脂色,而山后晚霞,一片火红,骤然见之,宛若远处荒山起火,层林尽烧也。可见虽同一写景,而尚有早晚差异之别，因悟古人铸词之精确，如非身见其景，则此句似亦是死句。故知会通古人诗词，当亦不易，创作固需生活为依据，解会亦需生活始能参悟也。

——四川文艺出版社《百家唐宋词新话》

孤雁儿 并序①

【原 文】

世人作梅词,下笔便俗。予试作一篇,乃知前言不妄耳。

藤床纸帐朝眠起②,说不尽、无佳思。沉香断续玉炉寒③,伴我情怀如水。笛里三弄④,梅心惊破,多少春情意⑤。 小风疏雨萧萧地,又催下、千行泪。吹箫人去玉楼空⑥,肠断与谁同倚⑦。一枝折得,人间天上,没个人堪寄⑧。

注 释

❶孤雁儿:即《御街行》之又名。这一别名的来历是《古今词话》所录无名氏词有"听孤雁、声嘹唳"之句的缘故。此首原见于《梅苑》卷一,与"世人"所作多不胜数的"梅词"相比,首先其不是那种咏物而滞于物的咏梅词,词中虽然用了两个关于梅的常见典故,但都是经过改造、有所出新,从而写成的一首悼亡词,而且词人是第一个将梅引入悼亡词的人。此词本身无论从哪方面看均可谓不"俗",而词前小序却仿佛是说:"世人作梅词,下笔便俗,我试着作的这一篇,恐亦难以免俗。所谓作咏梅词很容易落入俗套,看来这并非虚妄之言。"笔者以为清照作文多有机智之处,先说梅词易俗,而自己所作的这一篇,不但不俗,还堪称颇富新意之作,从而愈加显示出其不让"须眉"的本领。此首词的意义还在于,

它是词史上屈指可数的较早创作的悼亡词之一。"花间"词人张泌《浣溪沙》"天上人间何处去，旧欢新梦觉来时"（此首见于人民文学出版社1958年版《花间集校》，而《全唐诗》卷八九八张泌词未见收载）二句如含有悼亡之意的话，张泌便是第一个作悼亡词的人。第二位是李煜，他的《相见欢》（无言独上西楼），明明是为大周后写的地地道道的悼亡词，却长期被误解为一首表达亡国之恨的词，而把第三位写悼亡词的苏轼作为第一人，把他的《江城子》（十年生死两茫茫）误作为第一首悼亡词。第四位是贺铸，他所写的悼亡词是《鹧鸪天》（重过阊门万事非）。李清照是第五位，但她又是第一位作为未亡人为丈夫写悼亡词的人，加上前面提到的一个"第一"，这样在"悼亡"词史上，李清照至少占了两个"第一"、一个"第五"。不仅如此，其以梅悼亡的词似不止一两首，更不是只为悼亡而悼亡，她的《清平乐》"看取晚来风势，故应难看梅花"，便寄寓了深沉的家国之思，岂不更加不"俗"！此首当作于李清照离开避难之地婺州府治金华，回到杭州的某一春天，时间是绍兴六年至十二年（1136—1142）的某一时刻。

❷藤床：用藤、竹所编制的床。纸帐：用藤皮茧纸制成的帐子。

❸沉香：见前《菩萨蛮》（风柔日薄）注。

❹笛里三弄：用笛子吹奏《梅花三弄》。此乐曲的主调反复出现三次，因称"三弄"。

❺春情意：借春日的情景喻指当年令人难忘的夫妻之情。

❻吹箫人：原指善吹箫的萧史。秦穆公女弄玉喜好吹箫，嫁与萧史数年后，二人随凤飞去。（见《列仙传》）这里以萧史喻指已故的赵明诚。玉楼空：以人去楼空喻指明诚亡故，词人独守空房。

❼肠断：形容因丧夫而悲伤之极。《世说新语·黜免》："桓公入蜀，至三峡中，部伍中有得猿子者，其母缘岸哀号，行百余里，不去，遂跳上船，至便即绝。破其腹中，肠皆寸寸断。"

❽"一枝"三句：自从陆凯写了《赠范晔诗》之后，"折梅"便有了别离时赠送寄思之意。李清照想把她折来的梅寄赠已故之夫，但因泉路相隔，故云"没个人堪寄"。而此句或对略早于她的张继先的《雪夜渔舟》"更没个、故人堪说"有所取意。

选 评

黄墨谷

  此词从王半塘辑《漱玉词》本《历代诗余》,调名《御街行》,《梅苑》《花草粹编》并作《孤雁儿》。《梅苑》附有序文:"世人作梅词,下笔便俗,予试作一篇,乃知前言不妄耳。"按此词乃悼亡之词,序文与原意无涉,且清照咏梅之作颇多,所云试作一篇,亦不合,因不录序。

——中华书局《重辑李清照集》

邓魁英

  作为一首梅词来看,李清照在避免"下笔便俗"的弊病上,已经做出了有益的探索。她尽量摆脱描写梅花的花朵、枝条,写梅花的颜色、芳香等等俗套,也不致力于点染"疏影横斜""暗香浮动"一类优美的词句。她的梅词是从梅花所引起的人的内心活动上构思立意的。在这首词中,作者不断地在抒情:她写自己早晨起来即"无佳思","情怀如水";写她对着小风疏雨而流下"千行泪";写她因无人同倚楼而断肠;最后写因折得梅花"没个人堪寄"而悲伤。整首词始终以写人为主体,写人对周围事物的观察和反应,而不是单纯地咏物。所以说李清照这首《孤雁儿》,实际上是一首优秀的含有悼亡性质的抒情词。

——齐鲁书社《李清照词鉴赏》

侯健　吕智敏

  这是一首悼亡之作,约写于建炎三年(1129年)赵明诚逝世后。序中说明这是一首咏梅词,实际上既没有直接描绘梅的色、香、姿,也没有去歌颂梅的品性,而是把梅作为作者个人悲欢的见证者。从表达上看,是把梅作为全词的线索,着力描写了丈夫去世后自己清冷孤寂的生活和凄凉悲绝的心情。

——山西教育出版社《李清照诗词评注》

徐北文

　　赵明诚虽病殁，但他像一枝风雅高洁的梅花，永存易安的心扉。是以易安作咏梅词《孤雁儿》。起初，词"往往调即是题"，调与内容是一致的。《孤雁儿》由无名氏词"听孤雁声嘹唳"而得名。可见易安选此调写梅词并非偶然，她是为抒孤怀才借梅花以表对亡夫的悼念之情。头两句，起笔于景，落墨于情。开端顿入，以"藤床纸帐"冠领。那么它与题旨有何关系？一般纸帐顶上"画以梅花"；"梅花纸帐"柱上插"数枝梅花"，可见无论是梅花纸帐还是一般纸帐都与梅花有关。这就是词人在写室内环境时撷取"藤床纸帐"的原因，开笔入题，但含而不露，笔无虚设。

——济南出版社《李清照全集评注》

添字丑奴儿①

【原 文】

芭蕉

窗前谁种芭蕉树，阴满中庭②。阴满中庭，叶叶心心，舒卷有余清③。　　伤心枕上三更雨，点滴霖霪④。点滴霖霪，愁损北人⑤，不惯起来听⑥。

注 释

❶添字丑奴儿：一作《添字采桑子》。《丑奴儿》《采桑子》同调而异名。添字，在本词中具体表现为：在《丑奴儿》原调上下片的第四句各添入二字，由原来的七字句，改组为四字、五字两句。增字后，音节和乐句亦相应发生了变化。这首《添字丑奴儿》，除了其下片所提供的"内证"外，因尚未寻找到其他根据，目前只能将其划归为作者晚期所作，即从建炎四年至绍兴二十五年（1130—1155），或可再略进一步，将此首视为作者定居杭州后，在生命旅程的后几年中，于某年初夏到盛夏的某一时间内所作。

❷"窗前"二句：起拍之设问，字面上是《漱玉词》所惯用的"寻常语"，但其作用和意蕴却非同一般。它不仅总领全词，其在上下片中竟赋予人以迥然不同的心理感受。芭蕉虽然高大挺立、叶长而宽阔，但它是草本植物，严格讲来并不是"树木"的"树"。作者之所以以"树"称之，且缀以"阴满中庭"之

下句,岂不含有作为乘凉的后人对栽"树"的前人的怀念以至于感戴之意?按照历史物候的常识,两宋时杭州的春末夏初比现在还要炎热。江宁和杭州的炎夏势必会使作者感到很不适应。炎夏对她来说,比土生土长的"南人"要难"过"得多,何况令她记忆犹新的赵明诚正是在苏浙皖一带冒暑染疾致命的。而今她购置或租赁的这幢房舍的庭院中,芭蕉以其"身"高叶大的浓荫遮盖了整个院落,在炎夏酷暑中,犹如热中送扇,使人感到如此凉爽适意,岂非种树人之功德!

❸"叶叶"二句:此系对芭蕉逼真而传神的描写。意谓它的硕大绿叶是那么舒展,而蕉心卷曲又那么好看!舒卷:在此可一词两用,舒状蕉叶,卷状蕉心。卷,通"蜷",谓好貌。余清:此据王学初《李清照集校注》与吴熊和《唐宋词通论》,此首断句亦从吴著。"余清"今本多作"余情","情"字在此其意似欠妥当,因为词上片旨在咏物而并非简单的拟人之法。视"清"字为"情"字的谐音,其意当胜似径用"余情"二字。

❹"伤心"二句:杜牧《雨诗》有"一夜不眠孤客耳,主人窗外有芭蕉"句,温庭筠《更漏子》有"梧桐树,三更雨,不道离情正苦。一叶叶,一声声,空阶滴到明"句,无名氏《眉峰碧》有"薄暮投村驿,风雨愁通夕。窗外芭蕉窗里人,分明叶上心头滴"句。这些诗词佳作虽然均可供李清照借鉴和汲取,但"伤心枕上三更雨,点滴霖霪"二句,无论词旨抑或词艺皆远胜于上述诸作。原因是李清照平生所经历的一件又一件的"伤心"事,一则不是一般人所能想象和承受的,更不是或放荡不检或僎薄无行的杜牧、温庭筠等人所能体察得到的,所以他们和她所描写的不同时代的同类生活感受,其真实性和感人程度显然是大不一样的;二则她个人的"伤心"事虽然大都已成过去,随着时间的推移,"伤心"的程度也会逐渐淡化,但另一种"伤心"事,即忧国伤时之感却与日俱增。随着主和派的得势、主战派的退避,李清照这个一向竭力主张抗战复国的热血女子,能不忧心如焚?正当她为国家的前途忧心忡忡,夜不能寐,辗转反侧之时,窗外却下起了"三更雨"。雨声渐渐沥沥,接连不断。这接连不断的雨声,使得"伤心"人再想入睡更是难上加难。霖霪(yín):本为久雨,此处指接连不断的雨声。

❺愁损北人:"北人"系南渡后的作者自指。此句意谓被国忧乡愁折磨得已经体损神伤、羸弱不堪的"我"这个思乡心切、彻夜失眠的北方人!

❻不惯起来听：意谓北方人不愿意听到半夜三更雨打芭蕉的渐沥之声。因为芭蕉树使得雨声音量加大，从而更加触动"北人"的乡愁。所以这里一转上片对种树人的感念之意，似含有对种植芭蕉树的人的埋怨情绪。当然这种情绪是为"北人"的乡情"驱动"，因其思乡心切，通宵难眠，故对无辜的芭蕉心怀怨恨和不满。起来听，坐起来倾听雨声。此系无奈之词，其寓意当是："北人"不像"南人"那样，对雨打芭蕉之声习以为常，照样酣睡。因为他们不像"北人"那样怀有浓重的家国之愁！

选 评

王璠

按诸谱律，《丑奴儿》（即《采桑子》），前后两段都没有重叠句，更不是重韵，所谓"添字"也只是在前后两结句各添二字而已。清照这词，并非在第四句（即结句）七字中添二字成九字句，而是连同第三句四字并所添二字共十三字，破为三句，使之成为四、四、五字句；且承上句，重叠一遍。所以如此，乃因叠句重韵，在词中能起到节拍复沓，辞情委婉，舒徐动听的作用，以增强其语言的形式美和韵味美。

——《李清照研究丛稿·咏物述怀　乡愁凄切——〈添字采桑子·芭蕉〉试析》

王学初

此首又见《广群芳谱》卷八十九（卉谱三）芭蕉，调为《采桑子》，词句亦与《采桑子》同而非《添字丑奴儿》。其词云："窗前谁种芭蕉树，阴满中庭，叶叶心心，舒展余光分外清。　伤心枕上三更雨，点点霖霪，似唤愁人，独拥寒衾不忍听。"按《全芳备祖》国内无刊本（董康《书舶庸谈》云：日本有元刊本），但各抄本均作《添字丑奴儿》。《花草粹编》云"添字"，是陈耀文所见本当亦相同。《广群芳谱》作《采桑子》，殆为编者汪灏等所妄改，不足据。

——人民文学出版社《李清照集校注》

平慧善

  起首一问句表现了词人对种树者的怀念与对芭蕉长成的喜悦,因此她移情入景,说"叶叶心心舒卷有余情",写芭蕉对人的深情,正是抒发词人自己的深情。上半阕写从室内看芭蕉成荫,下半阕则写枕上听雨打芭蕉。经过国难、家破、夫亡种种打击后,避难客居的人夜不成眠,夜雨不停地敲打着芭蕉,也敲打在词人愁损的心上。"起来听"这一外在的动作,曲折地表现了词人内心的万千愁绪。

——巴蜀书社《李清照诗文词选译》

清平乐①

【原 文】

年年雪里，常插梅花醉②。挼尽梅花无好意，赢得满衣清泪③。今年海角天涯④，萧萧两鬓生华⑤。看取晚来风势，故应难看梅花⑥。

注 释

❶清平乐：又名《清平乐令》《醉东风》等，其与《清平调》（又名《清平辞》）不同，却往往被混淆。对此，王灼《碧鸡漫志》卷五曾加以辨别。作为词调《清平乐》中的"清""平"二字之出处：或谓犹如"海内清平，朝廷无事""社稷有应瑞之祥，国境有清平之乐"；又谓调名源于南诏清平官。而《清平调》作为唐声诗名，因其乐律在古清调与平调之间得名。为进一步理解此首的意义和《漱玉词》的价值，不妨先与蒋捷的一首词对读一下，蒋词云："少年听雨歌楼上，红烛昏罗帐。壮年听雨客舟中，江阔云低、断雁叫西风。　而今听雨僧庐下，鬓已星星也。悲欢离合总无情，一任阶前、点滴到天明。"（《虞美人·听雨》）蒋词和李词除了分别以"听雨"和"梅花"为线索外，在谋篇行文方面几无二致。李清照早于蒋捷一百余年，那么蒋在写"听雨"前，对李的这首"梅花"词不知反复读过多少遍，对这位先辈女词人又不知有多么崇拜，方能写出与之如此共鸣共振之作！由此可见，李清照和她的作品宛如一条"母亲河"，不知"哺育"过多少后人，从而留下了不知多少脍炙人口的诗篇和词

章！这是其一。其二，从此词中还可以读出这样的意蕴，即李清照在晚年回顾自己一生时，把经历分成了早、中、晚三个时期，并且以具体形象极有说服力地显示出，从其中年就开始了"无好意"以至于"满衣清泪"的悲怨境遇，到了晚年则更有破国亡家之恨。这样，就从李清照的作品中，找到了对其生平和词作时空归属不应"一刀切"为前后期，而应分为早、中、晚三期的有力内证，同时还清楚地说明，早在汴京失陷和丈夫赵明诚亡故之前的中年时期，她的处境已相当难堪，而这一切的来龙去脉，从本书的前言中可以找到某些应有的答案。兹不赘述。

❷"年年"二句：意谓在词人待字汴京和出嫁不久的青年时期，每当雪如飞絮、梅吐清芬，总是把一枝香梅作为饰物戴在自己的髻和鬟发上，回想起来，那是多么令人迷醉的时光。

❸"挼尽"二句：意谓词人到了中年时期，"梅花"已由原来的头饰变为手中揉搓的遣愁之物，而以此物遣愁愁更愁。由于词人整天心事重重，常常是一面揉搓着梅花，一面流泪，泪水竟沾满了罗衣。

❹海角天涯：犹天涯海角，本指僻远之地。此处当有以下三种所指：一则当指"心理"距离和感受，意类"甜言美语三冬暖，恶语伤人六月寒"之谓；二则当指"社会政治"距离，李清照内心所向往和亲近的是故都汴京，今居杭州，远离汴梁，故谓之"海角天涯"；三则当指"情感"距离，当时的苟安之辈称临安为"销金锅儿"，此辈以临安为"安乐窝"，极尽享乐之能事，而李清照面对半壁江山，为之不胜忧戚，更感寂寞，忧愁流年。

❺萧萧两鬓生华：这里形容鬓发花白稀疏的样子。

❻"看取"二句："看取"是观察的意思。观察自然界的"风势"，虽系出于对"梅花"的关切和爱惜，但此处"晚来风势"的深层语义，当与《菩萨蛮》（归鸿声断）和《忆秦娥》的"西风"埒同，均喻指金兵对南宋的进逼。因此，结拍的"梅花"除了有作为头饰和遣愁之物的意义外，尚含有一定的象征之意。词人在《摊破浣溪沙》（揉破黄金）中，明明认为"梅蕊"有俗气的一面，而又这样念念不忘地关切它，这当中无疑含有比自然界的"梅花"本身更值得关切的喻指之事——这就是词人李清照的那颗对故国故家的无比悃诚之心。

选 评

王延梯　胡景西

　　这首词在艺术上颇具特色。从章法上看，词人摄取了三个不同时期的赏梅片段，从早年，经中年，至暮年，次序井然不紊。但三层写来又非平叙。早年是"常插梅花醉"，中年是"挼尽梅花无好意"，晚年是"难看梅花"。这一"醉"，一"挼"，一"难"，使词意一转再转，跌宕生姿。另外，词的对比衬托手法也很突出。上片以往年梅花开放时节两次赏梅的不同心情作对比，而上片的两次赏梅又有力地衬托了下片的难以赏梅，从而深化了主题。

——齐鲁书社《李清照词鉴赏》

侯健　吕智敏

　　这首词是李清照晚年流徙途中的作品。词的上、下两片，分别描绘了两幅画面。从画面所反映的时间来看，上片写的是往昔，下片写的是当前；从画面的背景来看，上片是白雪红梅，下片是海角风霜；从画面上的人物形象来看，上片是头簪鲜花的少女，下片是白发苍苍的老妇；从画面的色彩情调看，上片鲜明清丽，下片阴黯冷峻。总之，这两幅画面构成了鲜明强烈的对比。在南渡前宁静温馨的日子里，雪中赏梅、插梅、挼梅是词人闺中生活的乐事，无忧无虑的少女尽兴地饮酒赏花，攀枝折花，又欣喜地将梅花插满鬓边髻上。但是，没有料到，这样的揉捻搓弄，却伤害了娇嫩的梅花，那片片花瓣像一串串的泪珠，洒满了少女的衣襟。词人在这里用拟人化的手法，写梅花受了委屈而洒落"清泪"，非但不使人有悲悯梅花而怪罪少女之感，反而使少女的活泼天真情态跃然纸上。整幅画面溢彩流光，显示着不尽的诗情画意。词的上片实际上是词人南渡前宁静幸福生活的缩影，也是她欢快愉悦心情的写照。

——山西教育出版社《李清照诗词评注》

平慧善

　　本词为晚年所作，借赏梅自叹身世。上片忆旧，"年年雪里"二句，回忆早年与赵明诚共同赏梅的欢快情景,一个"醉"字将词人热爱梅花,为梅花陶醉的心情充分表达出来。三四句当写丧后,"挼"的动作,将女主人触景伤神的状态,形容得维妙维肖。"满衣清泪"与"醉"对比,一喜一悲,反映了不同处境、不同心境。下片叙今。词人飘泊天涯,远离故土,年华飞逝,两鬓斑白,与上片首二句所描女性形象遥相对照。三四句又扣住赏梅,以担忧的口吻说出:"看取晚来风势,故应难看梅花。"表面写自然现象:看风势晚上赏不成花,实指南宋形势甚恶,极不安定,纵有梅花,难以赏玩。将赏梅与家国之忧联系起来,提高了词的境界。

——巴蜀书社《李清照诗文词选译》

附录　再译李清照的内心隐秘

——从一种方法谈起兼及其赴莱、居莱之诗词

一

作为一种治学方法，对古代作家内心隐秘的破译，是闻一多先生的创举，类似的方法也有人叫作"福尔摩斯式的古代文学研究"。今试将其引入李清照的研究之中。当然这不是一件容易的事，笔者费了很大的气力，才发现了这样一些蛛丝马迹：

《漱玉词》中有很多自然意象，如海棠、银杏、梅、桂、荷、菊等，有几种出现的频率相当高，这里仅以菊为例。菊在《漱玉词》中多半被叫作"黄花"，它往往作为词人心态和命运的象征或载体而出现。比如《醉花阴》中生长在东篱旁的尚"有暗香盈袖"的"黄花"，只是作为词人与其夫分居两地而产生的离愁和悲秋情绪的载体；到了《多丽》中就由菊的秋后凋谢，而引发出"似泪洒、纨扇题诗"的婕妤之叹，从而表达她对于可能被丈夫遗弃的担心；到了《声声慢》中堆积满地、"憔悴损"的"黄花"，则成了词人被冷落的廋语。通过对《漱玉词》中各种自然意象象征意义的捕捉，虽然不能说已经看清了李清照情感心态衍变的轨迹，或是掌

握了打开她心扉的"钥匙",但顺着这一入口往前走,或许会解开这种"斯芬克司之谜"。

李清照往往在她的词中揉进"谜面",而在别处设下"谜底",假如只读她的词而未及其诗文,任凭水平有多高也不见得完全读懂,比如《凤凰台上忆吹箫》的"念武陵人远"的"谜底",竟藏在《〈金石录〉后序》"分香卖履"的典故之中;而《声声慢》中作为"谜面"的"晓来风急",其"谜底"竟在《诗经》的《终风》《硕人》篇中。如果有谁因为这两篇文章的含义不那么容易把握,对于把它们作为"谜底"尚不足信,那么请再读一下与李清照同时代的洪适《隶释》卷二六的记载,那上面赫然写着:"赵君(明诚)无嗣,李又更嫁"!这"无嗣""更嫁"四字,就是李清照的最大隐衷,也是她悲剧命运的症结之所在。

掌握了这种"谜底"和症结,不仅李清照作品中的一些疑难之处可以迎刃而解,就是其他记载中的悬案,也可相应得到破译,比如《建炎以来系年要录》云:"以汝舟妻李氏讼其妄增举数入官也。"对这一问题,古今的"清照学家"无具体阐释,个别文章对张汝舟(李清照的后夫)的被"编管",竟想当然地解释成因为他接受贿赂、贪污公物,这显然是牵强附会的。刊发于《中华文史论丛》1985年第4辑的《关于易安札记二则》的拙文,对这一问题作了较合理的考释后,笔者仿佛感到对李清照的研究逐渐形成了一种良性循环,并在一定程度上向更加深广的层次进行了拓展,而这种认识和拓展又是在古典文学研究方面对马克思主义有关原理的身体力行,比如马克思主义哲学不承认任何终极状态和终极真理,它认定大千世界在永不休止地运动、变化和发展,人的情感心态也不例外。在这样的前提下重新认识赵、李的夫妻关系,就会改变那种既脱离一夫多妻制的时代,又带有片面性的色彩而把他们的姻缘说得天花乱坠和一成不变的做法，新的结论才能脱颖而出。

　　比如在早期，当赵明诚收到李清照寄给他的《醉花阴》词时，在叹赏之余，自愧不如，又"务欲胜之"，便闭门谢客，忘寝废餐三日夜，写出五十首词，竟没有一句比得上其妻的"莫道不销魂，帘卷西风，人似黄花瘦"。这里的"务欲胜之"并不是什么大男子主义，而是作为丈夫憨态可掬的纯情和对妻子的一片爱心。又如在同一篇《〈金石录〉后序》中，前面所写屏居青州时，李、赵在"归来堂"读书斗茶的幸福生活，该使多少夫妻艳羡不已！但是到了后期，他们之间竟成了这个样子："夏五月，至池阳。被旨知湖州，过阙上殿。遂驻家池阳，独赴召。六月十三日，始负担，舍舟坐岸上，葛衣岸巾，精神如虎，目光烂烂射人，望舟中告别。余意甚恶，呼曰：'如传闻城中缓急奈何？'戟手遥应曰：'从众。必不得已，先弃辎重，次衣被，次书册卷轴，次古器，独所谓宗器者，可自负抱，与身俱存亡，勿忘之。'遂驰马去。"这段文字，如果单从珍爱文物、宗器看，赵明诚不无苦心；如果从夫妻关系看，则有些不近人情，不能不使对方感到寒心。在这里作者用"余意甚恶，呼曰"的语气和字眼儿不是偶然的，很可能既有对时局的焦虑，也有对赵明诚重物轻人、对妻子毫无恻隐之心的"回敬"。同一个赵明诚对其妻的态度，前后竟判若两人！虽然生活在三从四德的封建社会里，李清照却不是那种所谓温柔敦厚的逆来顺受者。朝廷的昏庸和丈夫对她的薄情，她当然是敏感的。这一点，从"余意甚恶"四字中可窥见其一腔幽怨。由此推想，如不以辩证的方法细读李清照的全部作品，怎么能准确地破译其内心隐秘呢？

二

　　谛听下面的一段对话，将有助于对李清照履历和内心隐秘的进一步了解。需要略加说明的是，这种对话方式，虽然曾见于拙著《古典诗词名篇心解》，但此次引述已做了较大的补充和修改。

问：以往我们对您生平和作品的前后两段的分期，似有大而化之之嫌。我感到您的一批最有特色的作品，其中包括最受人称道的《声声慢》"晓来风急"，既不大可能是前期所作，更不可能是后期所作，而应该是在您由赏心到痛苦的感情落差悬殊的中期所作。因此，我想把对您的研究分为三期，即早期、中期（或叫作青、莱时期）、晚期三段。您看当否？

答：有道理！继续说下去……

问："二期说"对您的研究表现为褒贬失度、不着边际。比如揄扬者把先夫亡故前的您，一味说成是生活幸福、婚姻美满，与丈夫之间始终是"夫妇擅朋友之胜"；而贬抑者竟说您是爱情至上、无病呻吟，把您的隐痛说成是"贵妇人阴暗心理的反映"等。为了改变这种不应有的学风，我想通过对有关作品的重新阐释，让世人看看您是怎样带着一颗受伤的爱心到莱州去的。这样一来，对您的研究不仅应由"二期说"改为"三期说"，而且还应该借鉴和引进"移情说"，以分清什么是纯属个人的爱情痛苦，您又是怎样从个人痛苦中解脱出来，即由被弃无嗣的个人痛苦，转向忧时念人的爱国衷情。前些年在一篇提倡爱国主义的大文章里，把您列在古代十大爱国文学家之中，对诸如此类的问题，您有何感慨？

答：褒也罢，贬也罢，要紧的是说到点子上，如果您的这番话早一点讲出来或可有助于我抵御诸多莫名的物议和攻评，从而引以为知音。

问：作为您的知音，今日的我尚不敢当，但如果您在冥冥中能帮我解除一些疑难，或许我会逐渐取得这种知音的资格。

答：关于我，您有哪些破不开的谜呢？

问：您出生在哪里？何时诣京？结婚前后几年的行迹如何追寻？《漱玉词》怎样系年为好？

答：我出生在历史上有名的华不注山麓的一个山清水秀的小镇上。此间湖山掩映，湖莲红白间明，游艇渔舟，穿梭往还，赛过江南。我在这里生长到破瓜之年时，去了家父所在的京都。词集中以原籍湖山佳境为素材和以好花、皎月自况的富贵优雅的咏物词，大都是我婚前两年与"苏门四学士"中的张耒、晁补之的赓和之作，我与他们是文学上的忘年交。可惜好景不长，出嫁约一年，家父蒙冤被列为元祐"奸"党，名单由皇帝亲自书写刻在石碑上，以示永世不得翻身。就在此时，公公却升迁为尚书右仆射。一边是生父，一边是公公，不论他们私交如何，我作为一个出嫁仅一年的新妇，将如何适从是好？更有甚者，婚后第三年诏禁元祐党人子弟居京，年方二十的我，不得不与良偶作别，随娘家人被遣归故里，家父的遭遇则更惨。

问：《琅嬛记》说："易安结缡未久，明诚即负笈远游。易安殊不忍别，觅锦帕书《一剪梅》词以送之。"此说是否可信？

答：不可信，此系附会之辞。"负笈"是读书，那时德甫（赵明诚字）在太学为学生，学官在京都，其往何处远游？后人不知道我作为元祐党人子弟，受到牵连，不得居京，被迫回原籍之事，便为我的离情词杜撰根据。其实，《一剪梅》、《醉花阴》、《蝶恋花》（暖雨晴风）等一些表现伉俪暌违之苦的词，大都是徽宗崇宁二年（1103）在原籍所填。

问：据历史地理物候资料记载，济南府一带，从宋朝起到廿世纪末，气候已不适合梅树生长，您的咏梅词是写于何时何地？

答：朝廷的争斗时松时紧，我二十一岁时又回到汴京。我未离明水镇旧家时尚不识梅，犹南人之不识雪。宋朝时北方之梅不存在了，但在西安、洛阳皇家花园和富人府邸中，却仍有梅树栽培。正是这样，家父撰写《洛阳名园记》时，对京、洛一带的花木多有研究，这也引起我的兴趣，曾把一株名贵的红梅栽于闺室绿窗近旁。返京后，看到那棵自己手植之梅含苞待放，感慨系之。咏梅之什大都于1104年写于汴京。当时的心情是一面为回到德甫身边而庆幸，一面又担心会发生新的变故。"未必明朝风不起"（《玉楼春》）、"甚霎儿晴，霎儿雨，霎儿风"（行香子》）、"纵爱惜、不知从此，留得几多时"（《多丽》）等，就是这种惶恐心情的流露和对未来祸福的担忧。此时廷争加剧，我不得不回原籍，缓和一点，就回到汴京。忧喜无常，令人备受煎熬。

问：原来您的那些感伤词，表达的不仅是离愁，还有因为在政治上受到株连而产生的忧愤。

答：使我忧心忡忡的主要不是家门在政治上的浮沉，更不是夫婿官秩的高低。相反，我倒与"悔教夫婿觅封侯"的唐人有同感。我二十三岁那年的春天，诏毁元祐党人碑，解除党人一切之禁，家父得以解脱，我亦随归汴京。这时蔡京被罢相，公公旋复尚书右仆射兼中书侍郎，徽宗皇帝有什么悄悄话都同他说，此时赵家门楣之高可想而知，而我写于是时的《晓梦诗》并不以此为然。相反，自己安定了却更加怀念晁补之、张耒等文学前辈，为他们仍未摆脱逆境而嗟叹不已。到了大观元年，蔡京复相，公公罢右仆射后五日病卒。卒后三日，家属、亲戚在京者尝被捕入狱。从这一年起我与德甫偕归青州，屏居乡里十年。在青州归来堂的读书生活，是我一生中最为赏心的日子。

问：这就奇怪了，您既然感到在青州过得很开心，那么您于此地写的《凤凰台上忆吹箫》、《点绛唇》（寂寞深闺）、《念奴娇》（萧条庭院），以及《声声慢》等，又为何表露出一种空前的孤独感?

答:这是史乘空阙造成的。依照宋朝的官制三年为一任,宣和三年(1121),德甫始守莱州前,已外出做了三年官,此间,我独自留在青州,疑其在任所有"天台之遇"。《多丽》中的"纨扇题诗"云云,的确是这方面的廋语。丈夫蓄妾,对像我这样把爱情看得比什么都宝贵、都高尚的妻子来说,没有比这更大的痛苦了。其实新婚不久,我被迫回到原籍,德甫留在汴京时,就担心他会蓄妾,我独自在老家常常坐立不安,不堪其苦。我在词中流露出那么强烈的伤情,并不只是因为与丈夫短暂分别造成的,而是由忧虑、冤屈等凝聚而成的深重的失落感。

问:我已很后悔,在二十世纪八十年代中前期,不该把《声声慢》说成尚含有一种嫠纬之忧。

答:是啊。这恰好说明那时你对我的心病还不全了解。

问:您的心病不就是害怕丈夫蓄妾吗?

答:哪里是这一件!你知道当年无嗣的我,要承受多大的心理压力吗?更不用说接踵而来的国破家亡及再嫁后遇人不淑……这些伤心事不必再提。

三

一夫多妻制所造成的丈夫对发妻的始密终疏,使多情善感的李清照尝够了种种莫可名状的酸苦之果。这首题作《晚止昌乐馆寄姊妹》的《蝶恋花》就包含着词人的难言之隐,词云:"泪湿罗衣脂粉满,四叠《阳关》,唱到千千遍。人道山长山又断,萧萧微雨闻孤馆。　　惜别伤离方寸乱,忘了临行,酒盏深和浅。好把音书凭过雁,东莱不似蓬莱远"。对这首词的解析,笔者想用《孟子·万章》上篇"以意逆志"的方法，联系李清照留在这里的"指纹"，试加补充解析。

本文第二部分的"对话"中曾涉及赵明诚夫妇大约自大观元年（1107）起，屏居青州十年。这就是说自1118年至1120年，赵明诚当有三年离青之他任，赴任时不肯携妻前往，李清照就特意写了一首题作《凤凰台上忆吹箫》词，以寄托她愿像当年弄玉与大比翼飞升之意。赵不答应，她就把送别的《阳关曲》唱了又唱，希望他能留下来，却仍然无济于事。她在词中以"念武陵人远"之句道出了自己的心事。在她备尝独守空房（即"烟锁秦楼"）之苦后，又写了《声声慢》，一则寄寻觅良人之意，一则借"晓来风急"之事，诉说其被疏无嗣之怨，说白了就是李清照借古讽今地抱怨赵明诚像卫庄公宠幸其妾、冷遇庄姜那样，疏远了她，致使她无儿无女、无依无靠，就像衰败后堆积满地的黄花一样，多么可怜！笔者原以为这首《声声慢》像是李清照为自己写的"《长门赋》"，它会打动赵明诚，使他回心转意，在调任莱州后把妻子接到住所，重归于好。但在细读李清照赴莱、居莱时的诗词后，使笔者的这一看法有某种改变，从而对这首《蝶恋花》词作如是解：

在李清照独居"秦楼"时，青州的姊妹们经常去看望她、安慰她，并鼓励她干脆到莱州去，以找回她原有的爱情。于是她孤身走上了寻夫之路。在与好心的姊妹们朝夕相处时，可借亲密的手足之情，弥补失却的伉俪之爱，一旦她离开姊妹、独居驿馆，便更感孤独凄凉。她那么伤心，以至于泪泉冲掉了脸上的脂粉，湿污了衣衫，一方面自然是因想念对她恩义厚重的姊妹，另一方面当是担心前程未卜，不知自己到了莱州丈夫会怎样对待她。青州到莱州的实际空间，谈不上那么山高水长，词中所云"人道山长山又断"，当是喻指心理空间。她与丈夫之间早已有了阻隔，他对她仿佛断了情思,词人眼下又离别了姊妹,前不着村,后不着店,孤馆闻雨,凄苦无似!这当是上片所蕴含的词人之"志"。下片写她临行时乱了方寸,以致忘记喝了多少酒。这其中可能也别有寓意,即她可能是身在离筵,心里想着自己即使到了丈夫身边,如果他仍然无动于衷,该如何是好?心里装着这样的难言之隐,其"方寸"如何不乱?这种难言之隐也就是词人不得不隐匿的"志"。

这首词中最耐人寻味的是结拍的"好把音书凭过雁,东莱不似蓬莱远",此二句尽管字面上可意译为"姐妹们别忘了给我写信,莱州不像蓬莱那么远"。但其深层语义却要委婉丰富得多,可否这样理解:对姐妹的雁书,词人看得很珍重,她绝不会像她们那个作为"武陵人"的姐(妹)夫,词人给他写了那么多信,竟如石沉大海,只字不回。原因是他置身"蓬莱",向往的是"天台之遇",哪里还把老妻放在心上!如果他仍然冷遇她,那么她到东莱后的唯一希望和安慰,就是收到姐妹们的信函。这里需要再加解释的是"蓬莱"。对这两个字,注家或引《史记·封禅书》,或引《汉书·郊祀志》,云指渤海中的蓬莱、方丈、瀛洲三神山。这样注释虽不能算错,但对于李清照所赋予它的特定含义来说,谓此"蓬莱"为三神山仍不够确切,其原因乃是把"蓬莱"只作为一般的典故看,而没有看到在那上面沾有李清照的"指纹"。笔者想这首《蝶恋花》中的"蓬莱",与李清照此前不久所写的《凤凰台上忆吹箫》中的"武陵"同义,所蓄之"志"都是妻子担心丈夫有"天台之遇"。同一个赵明诚,既然彼时可以把他称为"武陵人",此时为何不可以称为"蓬莱客"呢?不管彼时抑或此时,词人最担心的都是丈夫可能与刘、阮为伍。唯因词写得深婉,怨情被离情掩盖了而已!

四

  李清照寻夫途中驻足的"昌乐",离莱州不远。她于宣和三年(1121)八月初由青州动身,在昌乐驿馆写了《蝶恋花》,于十日即到达赵明诚的莱州任所。事情比预料的还要糟,《感怀诗》并序记载了李清照在莱州所受到的冷遇,诗云:"寒窗败几无书史,公路可怜合至此。青州从事孔方兄,终日纷纷喜生事。作诗谢绝聊闭门,燕寝凝香有佳思。静中吾乃得至交,乌有先生子虚子。"由于人们总以为赵明诚和李清照的婚姻十分美满幸福,所以对这首诗的理解很难到位。笔者想这首诗的写作契机应该是这样:当李清照受到赵明诚不应有的冷遇后,自然很生气,却又寄人篱下,无可奈何,便隐括了苏轼的一首题作《章质夫送酒六壶,书至而酒不达,戏作小诗问之》的诗和陈师道《后山诗话》中的"东坡居惠,广守月馈酒六壶,吏尝跌而亡之。坡以诗谢曰:不谓青州六从事,翻成乌有一先生"而成这首《感怀诗》。别看苏、李二人诗中都戏谑般地借用了《世说新语·术解》中的典故,以"青州从事"指代好酒,但含义却有所不同。对苏轼来说,主要是借六壶酒的跌洒而戏谑一番,但在李清照诗中却饱含着无限酸楚。

  诗前有这样一段小序:"宣和辛丑八月十日到莱,独坐一室,平生所见,皆不在目前。几上有《礼韵》,因信手开之,约以所开为韵作诗。偶得'子'字,因以为韵,作《感怀诗》。"诗劈头便说"寒窗败几无书史",这就不能不使人陡生担心和不平,李清照冒着"秋老虎"赶到莱州后,可能被赵明诚打入了"冷宫"。诗序与首句所说的她一个人坐在"无书史"、陈设破旧简陋的屋子里,其深层语义不就是被打入"冷宫"的意思吗?诗的第二句则证实了上述担心和不平不是多余的，所谓"公路可怜合至此"，是隐括了这样一段记载："（袁）术既为雷薄等所拒，留住三日，士众绝粮，乃还至江亭，去寿春八十里。问厨下，尚有麦屑三十斛。时盛暑，欲得蜜浆，又无蜜。坐棂床上，叹息良久，乃大咤曰：'袁术至于此乎！'因顿伏床下，呕血斗余而死。"（见《三国志·袁术传》裴松之注引《吴书》）诗中的"公路"就是袁术的字，这里李清照是以袁术的遭遇自况。

看来，深入理解此诗对有关袁术故实的使用，是正确解析此诗的关键。这个典故的应用，无异于奉告读者诗人的遭遇就像当年的袁术一样狼狈不堪，具体情景大致是：李清照既来之，赵明诚则拒之，拒之不去，则留住数日，粗茶淡饭，既不果腹，又难御余暑，轻慢之举使她难以忍受。但如果为此与他怄气，岂不把自己置于死地，走上袁术的老路！李清照既是一个有丈夫气的女性，也是一个机敏智慧的诗人，她把如同袁公路的悲惨遭遇以苏轼式的幽默出之，一则借以宣泄、化解胸中块垒，二则或可感化一下赵明诚。从莱州以后的赵、李关系看，似有所好转。想来，只要不是那种铁石心肠的人，都可能被李清照借袁术之事的自诉所感动，何况李、赵又是曾经沧海的好夫妻！

第三句的"孔方兄"，指钱。苏诗中虽未涉及钱，但已含有其对时运不佳的自嘲成分；在李诗中第三句接之以"终日纷纷喜生事"，立意更高了一截。这很可能是诗人对其夫借口忙于应酬，终日在外，对"独坐一室"的她不管不顾的一种嘲讽和埋怨。后面的"燕寝"，原指帝王休息安寝的地方。按周制，天子有六寝，一是与后对应的正寝，余五寝分别与夫人、世妇、嫔、妻、妾相对应，统称燕寝。这里与"兵卫森画戟，燕寝凝清香"（韦应物《郡斋雨中与诸文士燕集诗》）中的下句，虽仅有几字之差，却不袭用韦句，当含有作为正妻（等于后）、应享有"正寝"的她，遭到冷落而闭门作诗以自娱之意。当然，李清照的这句诗是否只能如此解，笔者尚不敢很自负，但至少从这里可以看出，对李清照诗词中的典故，不宜只作简单注释，也不宜停留在表层语义上。

最后一句的"乌有先生子虚子"，是一无所有的意思，语见司马相如《子虚赋》，其与首句相照应，说明李清照在莱州被冷落到何等地步！不言而喻的是，不管怎样受冷落，诗人自有解脱之路。通过对这首《感怀诗》的解读，笔者进一步认识到，李清照不仅靠着她的文学才华，更是靠着驾驭这种才华的超尘拔俗的思想和百折不挠的韧性，而名留青史，把这样的女性列入中国思想家的行列，是当之无愧的！

原载《中国妇女管理干部学院学报》1992 年第 3 期